不要玫瑰

——灰娃自选集

灰 娃·著

冷冰川·绘

广西师范大学出版社

·桂林·

目录

灰娃：诗的背后

汪家明

我有幸做了出版这一行，得以结识几位年长的文化人、艺术家，竟至成为忘年交。比如灰娃。

灰娃今年九十三了。我和她相识十五年，十五年间总共见了十五六次，有时一年两三次，有时一年不见。可我和她是可以直抒胸怀的朋友。我们曾一气谈五个小时。谈什么？谈诗，谈俄苏文学，谈茨威格，谈萧红，也谈《史记》和《古诗十九首》……其实漫无天地，就是有兴头、谈得来，没有感觉到年龄的隔阂。而她，像我认识的其他几位才华横溢的老人一样，再老也如"文青"，对艺术和思想怀着冲动的热情，谈时脸颊潮红，眼睛放光，完全忘我。记得二十世纪八十年代，曾有过很多这样的谈话，可如今这样的谈友难遇啊！

这不是一个诗的时代，而诗人众多，且有神奇之诗人。用谢冕的话说，灰娃的出现就好比"一道天边的彩虹：绚烂，奇妙，甚至诡异，而且来得突兀"。可在我的经验里，灰娃并不神奇，也许有点"异秉"，就是崇拜美，到了极端的地步。在她，无论是自然万物、衣食住行还是道德举止，美都是第一位的，她因美的易逝、美的脆弱而叹息："美总叫人愁！"

灰娃又分明是传奇：十二岁入延安，长于革命队伍，周围不乏艾青、丁玲、萧军、杜矢甲、张仃、郑景康、李又然等艺术家，这些大名鼎鼎的人物，当时还都很年轻，更本色，更热情，更有感染力，对少女灰娃的影响深入骨髓。1945年以后，她生过重病，治疗经年，濒临死亡；

病愈到北京大学读书，毕业后在编译社工作，由于爱美，被称为"贵族"（贬义），备受歧视，心情压抑，"文革"中发展为精神分裂症。她一生三次婚姻，第一个丈夫武昭峰是王近山司令（电视剧《亮剑》主角李云龙的原型）的爱将，二十三岁战死在朝鲜前线；第二个丈夫白天（原名魏巍）出身黄埔四期，国民党将领，倾向于共产党，毛泽东建议他留在国民党军队，后因暴露身份到延安，1957年被授予解放军少将军衔，曾任六十军副军长兼川西军区副司令员、哈尔滨副市长、社科院历史研究所副所长，1973年病逝；晚年，灰娃和自幼视为导师的张仃走到了一起——白天去世后，她无意间把心中压抑诸文字："摇曳人心魂的风歇息了／钟声也已静默，我笨拙善意的唇／／也寂然闭合，从那儿凋谢了往日的／琴声激情，有的虔诚有的心不由衷／／我眼睛已永远紧锁再也不为人世流露／深邃如梦浓荫婆娑……想起我挂了重彩的心，它／一面颤抖一面鲜血直流／／如今它已停止了跳动，世人再也不能／看它遭严刑而有丝毫满足……"①张仃看了惊讶说："这是诗啊！不要随便扔掉，保存下来，但不要让别人看到。"于是，她把写下的文字藏在阳台上废弃的花盆底下……从1985年起，她和张先生（叫惯了，改不了口）共同生活的二十五年，可以说是对她此前付出痛苦的补偿，虽然仍旧辛劳，但精神上的相通、情感上的融合，让她得到一生中最珍视的安全感……

如今她又一次剩下自己了。2009年9月21日张仃突发脑梗，五个月后去世。这次已非仅失去伴侣的痛苦,而是被扣住从少年到老年的命门。她忍受这打击,抑郁症复发,时时想着自己已离世远去:"最是愿望不过 / 人世忘了我"②。幸亏有诗。诗是抑郁的一部分,似乎写出一点,抑郁就少一点。只是,写出的很少很少,而抑郁很深很深:

月桂树橄榄树菩提树被砍之前
我们满心一弯新月伴着
一天大星星纵横穿梭回环旋转
神赋予你这秘事天意
今夕又容身何处?
这黯夜到哪里去栖息?
……③

转眼间又过了十年。十年来灰娃一直住在北京西郊山里那个他们称之为"大鸟窝"的家园。原本两棵老而茂盛的树,萎了一棵,但树干和枝杈还在——书啊、画啊、字啊,墙上挂的照片、陕北剪纸,以及藤椅、台灯、装饰性壁炉上的佛头、石马和泥马……更不用说园子里银杏、白杨、法桐、鸭掌枫、紫叶李、碧桃、海棠、金银木、炬树……都在,爬墙虎、蔷薇仍在墙外攀缘,时而从窗口探进头来。

建这所房子时,张先生说,不想要豪华式,也不要富贵式,不要官廷、地主、富商、官僚、资产阶级气,他要北欧民间风格,厚重、简朴、敦实、牢固,用大石头砌。起初请南方建筑队,建成一看,像是几十年前的集体宿舍,于是推倒重来,换了建筑师,终于如愿。一如当年丰子恺建缘缘堂,"确信环境支配文化",仅仅因为不够方正,盖了半截,推倒重建,不惜多花一大笔钱。

灰娃蜗居此地,平日很少进城,疫情期间更不出山。记得有人说,年轻时写诗,中年写小说,老了适合写散文。这说法搁灰娃身上对不上。她已耄耋之年,怎么还写诗?而且诗情浓郁,文字求新求奇,意境饱满迷离。我相信年轻的读者们会吃惊,那行云流水、跌宕起伏的诗句,竟比有些现代诗人的作品还要前卫、还要先锋,而内中的分量和深沉,则会使年轻的读者感到陌生,感到费解。其间固然有天生之才的丝缕竞发,但也一如我们常说的:艺术来自生活——灰娃至今仅有的不足百首之作,其背后是中国血雨腥风悲喜交并的大时代和与时代紧密相连的一个人的传奇人生。

2009 年 5 月 16 日,清华大学思想文化研究所举办《灰娃的诗》(作家出版社)座谈会,发言踊跃,一再延时。那次张仃先生在座。沉甸甸的脑袋,白而长的发,厚实的肩。他耳背,听不清,但一直端坐灰娃身边,像块可堪倚仗的山石。二十多天后,6 月 11 日(农历五月十九)是张先生九十二岁生日,孩子们偶尔一次赶不回来,我和常敬竹等友人在"大鸟窝"陪两位老人吃了庆生饭。就是一顿简朴的家常饭,几个菜,我从钱粮胡同买的包子,灰娃特意准备了张先生爱吃的八宝饭,大家喝了点儿茅台酒。我还为二老拍了照。照片中的张先生微笑着,手扶餐桌,腰板笔直,灰娃则稍稍偏后,倚靠着先生,一如既往地神情专注。没想到,这许是灰娃和张先生最后的合影。

张先生去世后五年,灰娃才"活过来"。应北京大学出版社高秀芹之约,我编了《灰娃七章》,冷冰川画图,张志伟设计。书成,在北大开研讨会。九十三岁的屠岸、八十四岁的谢冕、六十二岁的唐晓渡以及更年轻的朋友——几代诗人和评论家参会。屠先生笔直站立以洪亮的声音朗诵了一首灰娃诗;谢冕先生的发言底稿其实就是诗集的序言,无论文笔还是观点都非常精到。他认为灰娃的写作堪称"神启",不是她找诗,而是诗找她,几乎是无师自通……她不仅带来了我们完全陌生的诗意,而且也让我们看到远离我们熟知和理解的别样的生活、别样的世界。

编辑中,我反复翻阅手稿,那密密麻麻的字和线,红、蓝、黑的笔迹,高高低低插进移出的段落,让我联想到大脑的条条沟壑、秋日林中厚厚层层的落叶,更让我想到作曲家谱写的草稿。灰娃在书的后记中说:"我所有的文字,都是我的生命热度、我情我感体验的表达。若会作曲、演奏,我定以音乐表达。任何人文艺术形态的表达,我都称之为心灵奇迹的符号……"

近日,灰娃的一本自选集即将付梓。雷雨的夜晚,我坐在桌前,读她新写的诗稿,也读她的口述自传,思绪有时飞得很远,很远。

2020 年 6 月 11 日晚,北京雷雨中

① 灰娃:《我撒手尘寰……》。
② 灰娃:《重归旧檐下(二首)》。
③ 灰娃:《童话 大鸟窝》,所引原文出自北京大学出版社 2016 年 11 月版,在本书中已由灰娃重新修订。

一只文豹，衔一盏灯来——读灰娃

谢　冕

　　我和灰娃不仅是同时代人，而且曾经是同一个学校的同学，二十世纪五十年代，我们曾经共同生活在美丽的燕园。不同的是，她是俄语系，我是中文系。那时我并不认识她，只听人说，俄语系有个女同学来自延安。她一袭白色连衣裙是当日校园的一道风景。在北大，她当然不叫灰娃，灰娃是她在延安时的小名，也是后来她写诗用的名字。认识灰娃是在九十年代她出版《山鬼故家》以后，她的出现在当日好比是一道天边的彩虹：绚烂，奇妙，甚至诡异，而且来得突兀。不过，那时我们正沉浸在新诗潮变革的兴奋与狂热中，我们的诗歌思维中装满了意象、象征、变形、建构、现代主义等热门话题，我们对灰娃非常陌生，一般也不会特别地关注。

　　但我终于有机会认识当日在校园擦肩而过的这位有点神秘的女同学了。认识她是通过她的诗，而读灰娃的诗也如读她这个人，简直就是一个历险的过程。在当日的诗歌狂潮之中，灰娃完全是"个别的另类"。她不仅带来了我们完全陌生的诗意，而且也让我们看到远离我们熟知和理解的别样的生活、别样的世界。那是山鬼居住的地方，这山鬼，还有这文豹（"一只文豹／衔一盏灯来"[①]），我们似乎曾经在《楚辞》中遇见过，它们都是屈原曾经的吟哦。灰娃的诗有这些古旧的因素，说明她的诗歌元素中有很多古典的意蕴，借用她说的话，是"一身前朝装扮"[②]，古旧、斑驳，当然也庄严，再加上她的现代的意识和外来文化的影响，这就使她的写作充满了瑰丽和神秘感。

　　事情于是变得相当地复杂了，这无疑增加了我们阅读的难度：灰娃是当代人，和我们生活在同一时空，而且是曾经的"小延安"，有过充满传奇色彩的阅历，还是名牌大学的外语系学生。当然，更为重要的，是她患过严重的忧郁症，被论者称之为"向死而生"的人。但是她的诗所展现的精神境界比这还要复杂，也展现出更多耐人寻思的丰富性。灰娃濒临过死亡，当时留有"遗言"，要烧毁所有的诗篇，不留下任何的痕迹，然而，竟然奇迹般地被留下了两首"遗作"。这就是后来我们读到的两首。这些经历，再加上她始于痛苦而终于幸福的婚恋，这既使她的诗充满苦情，又使之蕴有偶见的欢愉。

　　她表现苦难。她的年代是严酷的，陕北的乡间，忧患的童年，拖着小辫的小小年纪就穿上大号的不合身的军装。在延安，人们哄着、护着这个小女孩，她理所当然地适应了也热爱了这样的环境，但她依然惦记着挥之不去的噩梦。只因"黄土掩埋着整段整段的旧梦"③，她的诗频繁出现故园、墓地和死亡的意象，使人产生无尽的伤感。充盈在灰娃诗中的还有兵燹、匪患、离乱，以及颓井残垣。这背后有诗人久远的记忆，记忆属于她，也属于她所经历的时代："我不安的心，神秘音信摇荡／我细听梦碎，亲历故园倾圮／哭得像个孩子／家园已被荒凉阴影席卷／只有永恒的夜唤醒往日的梦"④。

　　对着无边的苦难，对着旷古的哀愁，对着世上人间的"莫名的惊恐"，还有美丽，以及神秘，诗人的思忖充满迷茫："暮霭沉沉，弥漫在我们村子,巨大的幻影,我怎能说清,怎么能说清,你无处不在,无边无形,你那世态人情千头万绪,离合悲欢随流光逝去,你的陈年逸事世代相传,你的忧患叫人琢磨不透"⑤。这个"你"是泛指,也许是苍茫无边的万事万物,是神秘的主宰,说不清的不仅是现世的苦难,说不清的还有悠长的思绪,历史的,现实的,关于革命,关于信仰,关于公平和正义,人间的一切烦恼,天上地下的众生万象,还有炊烟的熏香,一丝苦艾的味道,万古不散的幽灵,尘世的惆怅苍凉,都在她的追问中。思想上仿佛是不羁的奔马,她的思绪千丝万缕,她的诗句缠绵而纠结。

在《灰娃七章》这部诗集中,传统的北方农事的抒写仍在继续,诗行间依然是"灵魂祷告声漫空飘忽",无论桃花流水,秋容恬淡,无论风停日午,明月高悬,她依然听见若有若无的灵魂哭泣声,哭声中出现的情景定格在永难磨灭的一幕:忽一日夜半,一队士兵荷枪实弹闯进村庄,抓去齐家独子,拉走谢家兄弟,那一夜无人入睡,哭到天明……⑥苦难是挥之不去的深沉的记忆:"从农人心里抽出愁绪*丝丝缕缕,漫空摇曳回旋*",艰涩,寂寥,却庄重,绵长,有着"*野薄荷辛甘清冽的味道*"。她写那些漂泊无所的游魂野鬼,苦难是如此深邃,她的诗风是如此的凄厉,寒得彻骨的凄厉。

以上所引,大抵为泛写,而献给张仃先生的那一组诗篇,则是实写。亲人离去,痛不可言,忍泪伤心,不知"伤有多重痛有多深"⑦!

灰娃为悼念张仃写了一首又一首诗：先生脑中风抢救四个月至先生
逝世日，先生逝世当年秋日，先生逝世七十日祭，先生百日祭，先生
周年祭，先生五周年祭，她都有诗记他、念他，诗是灰娃的一瓣心香。
燕山余脉的那一座房舍，是她和张仃先生童话中的"大鸟窝"，那里
的空气中充盈着"马蒂斯均衡、明朗的调子／惠特曼波动扩展的海
洋气概"⑧。先生的烟斗在西山薄暮的客厅里一闪一闪，那都是昔
日的通常情景，如今竟成了这般遥远的追念——

　　神的启示神的意旨

　　于你肺腑隐埋歉疚禀赋

　　天意深植你一副恻隐敏感之灵性

　　神把自己性灵附身与你

　　赐你这等幽玄秘事，人不可会意

　　哎，善美尊贵早已皆属负面割除之类

　　月桂树橄榄树菩提树被砍之前

　　我们满心一弯新月伴着

　　一天大星星纵横穿梭回环旋转

　　神赋予你这秘事天意

　　今夕又容身何处？

　　这黯夜到哪里去栖息？　⑨

　　这诗句摘自灰娃为张仃先生逝世五周年所作的诗篇。灰娃和张仃相伴经年，琴瑟和鸣，他们因此拥有了晚年的幸福，他们的结合更促进了诗和绘画、书法的完美融汇。如今的灰娃又把痛苦和孤独留给了自己。今夕容身何处？问的是先生，也问自己。他们毕生所祈求和信守的善美尊贵，在这茫茫的黯夜又能在哪里栖息！灰娃的思考是浩渺而绵长的，她没有答案，最后还是把"说不清"的问题留给了我们。

　　灰娃的诗歌语言是独特的，古典的含蕴，雅致的词汇，时有突兀的字词自天而降，时而也有不遵习惯的表达，给人以完全陌生的冲击。几年前我就惊异于她的这种有别于众的诡异的诗风。在当今中国诗歌写作中，千篇一律和千人一面的倾向所在多见，而灰娃是独一无二的，她只是她自己。在写作风格上，没有一个人像她，她也不像任何一个人。她只按照自己的方式写，她就是唯一的"这一个灰娃"。要寻找灰娃诗歌艺术的来龙去脉，可能是徒劳的。在她这里，我们几乎找不到她受到别人的任何直接影响的痕迹，也找不到她与任何前辈诗人的"师承"关系的痕迹。我不愿武断地宣称灰娃的诗歌是"无师自通"，或者称她为"天才"，但我的确惊异于她的这种无可替代的独立性。

我曾用"神启"两字形容过灰娃的写作,现在看来,也还是这两字对她较为合适。都说艺术创作有它产生的背景,都说艺术是传承的,但说实话,这些"通识",用在灰娃这里却不甚妥帖。中国诗歌界有很多的群体和流派,但灰娃不属于任何群体和派别,她只是孤独的"这一个"。从她的出现到现在,孤独始终伴随着她,而孤独不仅是诗人的宿命,还可能预示着诗人的成熟。毫无疑问,灰娃的诗是丰富的,但即使我们不谈她的诗,她的经历也有极大的传奇色彩。关于灰娃,我们可以谈论很久。

2016 年 4 月 8 日,于北京大学

① 灰娃:《不要玫瑰》。

② 灰娃:《乡野风》。

③ 灰娃:《土地下面长眠着——》。

④ 灰娃:《记忆》。

⑤ 灰娃:《我怎么能说清》。

⑥ 灰娃:《灵魂祷告声漫空飘忽》。

⑦ 灰娃为张仃先生逝世七十天所作诗题。

⑧⑨ 灰娃:《童话 大鸟窝》,所引原文出自北京大学出版社 2016 年 11 月版,在本书中已由灰娃重新修订。

自选随笔

故家

从遥远的西方,背井离乡,走啊,走啊……走啊……走了不知多少个日日夜夜。到达这儿时只剩三十个人,每人分得三十亩地。于是便有了我外公外婆这个村庄。外公姓孙,全村杂姓。这些姓氏,或许缘于种种变故,有过改动,也未可知。在这远至天边的异域安顿下来,娶妻生子,繁衍生息。尤其不能稍有疏忽的是,还为神明筑起一座颇具规模的礼拜寺。

外公这样讲述他曾祖的故事。

这就是我母亲祖先的来历。什么族群?为什么远走他乡?迁徙?征战?逃亡?那遥遥远远的西方究系何方?

想必这伙儿人历尽艰辛,踏过人类足迹未至的荒山野水,战胜过狼虫虎豹、风暴雨雪之灾,参与过杀伐征战之事。又为何落脚安顿于此?每人分得三十亩地怎样的来历?抢来?买的?抑或因战功而获得奖赏?等等,这些统统已无可考证,无人问津,都一一随年份流逝湮灭于时间的尘雾。

幼时的我见到那礼拜寺,早已于前清"回回乱"时被毁,只剩残垣断碑,横竖杂陈于村边一处高地之上。村中并无一丝商业气息,只一所村学。村民供奉泛神。

至于我的父系家族,似乎血统较为单纯,自认汉族,赵姓。祖父为前清举人。我家的庄园,其实并不建在村中。就是说我们没有与村民聚居一处,而是离村子大约半里路。庄园的主体,宅院很大,院池栽种着玫瑰、石榴、木槿、刺梅、忍冬之类，四面有排水的孔道。四边高台，三面皆醒目地立着一排柱子。柱后是一间间房屋，人们称作厦子。

宅院有几处石雕、砖雕。特别是后面一排大屋，住着一家之主我的祖父母。木质的门窄而高，一扇扇排成队列，严整地静立在那儿。上面全是松、梅、竹、菊、喜鹊登枝之类的透雕。冬季糊上白高丽纸，夏季将纸除去，每两扇背靠背并起打开，穿堂风牵着凉爽之气往返穿梭，把整个宅院贯穿打通。这一排雕花门前，院池正中高台上，立着两根粗大木柱，上刻：阳春布德泽，万物生光辉。那些石雕桌凳、砖雕墙壁、木雕门窗，那些多年生花木，总体含敛着透出雍容考究的生活气息，也透显先人的业绩遗风。

大门两边砖砌的墙上有砖雕：耕读传家久，诗书继世长。

尤其要说说大门。厚实笨重，多个铁钉已锈迹斑斑。我们一群小孩合力齐推，它才缓缓地、艰难地、吃力地开启少许。一面发出吱——痛感的声音。在乡村的静谧中，门轴转动的那一声，沉入人的心底，升向旷朗野空……永恒的寂寥……

宅院后不远处，是榨油房、弹花库。大家族众多人口，食用大豆油、花生油、菜子油和芝麻油，点灯用棉子油，全出自这油房。弹花库的职责是供应家族纺织、棉衣、棉被等等用场。这儿有一架笨重的铁的机器，用脚踩下方，机器转动起来，随之棉花、棉籽被分离再由人工用弹弓将生棉弹成蓬松的熟棉,雪白喜人的棉花随之飞扬起来。

那榨油房很高很宽敞。大木轮子横竖不一,相互套扣一体,马拉它转动,发出震耳欲聋的轰鸣。走进这里看着这一景,令我想起打开的钟表,大大小小的齿轮,横横竖竖相扣相协,彼此牵动,又相互制约,运转不停。

庄园的主体建筑,主人居住的庭院背后这一区域,除榨油房、弹花库,还有两处马厩。马厩内置有长长的马槽,常见槽内放着散乱的草料。马匹则有主人坐骑与耕种、驾辕之分。这马厩院内有几间屋子,那间大屋停着一辆老式的马拉轿车,两辆大车,还有几辆手推独轮车。这些全由专人管理。

这座庄园的总管家,人们唤他卢氏。这卢氏系河南人,不知何以安身于此。他也终老于此,一生未娶妻生子。于我记忆中,曾听见大人们影影乎乎说到过,那些说法当时我不懂。现在想,是说卢氏与我的二奶奶有着暧昧的关系。或许,封建婚姻未能束缚住他们,而他们之间兴许有过一桩凄美的爱的故事,也说不定。

宅院大门前面,又是另样情景。那水车也是奇大的木轮横竖相扣相连,也由马拉着在跑道上转圈地跑,那些个大木轮子就一齐连续转动,横向的、竖向的,完全协调一致,发出清亮的击水声。

更远处,则是一片散落的坟墓,坐落在大片柏树林里。荒草、残损的石碑、石兽,标明着它们的年数。下面长眠多少代祖先,无人记得清。那一大片老柏树——狂风也不能轻易掀动它们的枝叶飘扬起来——大朵大朵,缓慢沉沉,重重地摆动,也在告诉人,它们古老悠长历尽沧桑。

虽主体建筑为旧式的一正两厢,等级严整,可整座庄园里外周遭,则林木翳然,竹篁摆动,星月闪烁,鸟雀争飞。时而风响树应,虫叫鸟鸣,足具光影幽妙、天籁入景之致。它虽已不掩风霜痕迹,却尚含蕴诗的韵味。

十足的一幅自然经济乡间生活风习的画图。

视界放开去——麦田延展,望不到边沿。人声、车水声忽明忽暗,遥远朦胧。玫瑰、忍冬、杨、槐、皂夹,幽香缕缕。天空高远处白云飘荡,鸽哨银亮。这儿贡养过无数皇朝国都,金戈铁马反复践踏。皇帝、王公、贵妇、贵胄庐墓遍布。

可人心却意味深长,总孕育诗思,吟着《蒹葭》清妙的音律一路走到今。再举头,终南幽兰的峰巅,太白长年积雪的主峰,正昂首向这边眺望。好了,这是哪片土地? 也不用明说了。

这儿,便是我祖辈居住生活之地,是为我的故家。

功课

我长到四岁，母亲送我去师范附小幼稚园。那原因纯粹是她牙病、胃病痛苦难忍，为着免于我的烦乱。不久，我就在四岁时又上了小学。记得还通过考试。桌上放许多色纸，让将入学的孩子说出颜色；又用手摸一块光纸，一块砂纸，测孩子触觉；还试听觉，伸伸胳膊、腿。总之，测试心智及身体是否正常。

上小学六年，我根本不懂是在上学，下了课只知玩。可为什么我没蹲班？直到今天我也不明白。我们那个小学，位于书院门。现在它还是与一座书院相通。书院门前那一条街，直到如今都开着一个个出售笔、墨、纸、砚、各类字帖的店铺，小学生常光顾，有时买东西，什么柳公权、欧阳询，等等；有时并非买，纯粹是去看看。

学校有专门的音乐教室，里面有琴，有音乐常识挂图，一排排凳子，是专门上音乐课的地方。体育场除露天的大小各一之外，还有一个风雨操场，上面有屋顶，四面敞开。

小学生全是童子军。童子军的服装一律美式。斜纹咔叽布上衣，有肩章、橄榄绿领巾，腰间系一根皮带，圆形铜质的带扣上铸有"中国童子军"字样。女孩子穿橄榄绿裙子；男孩子穿黄咔叽布裤子，还握一把小号；一律头戴深色橄榄绿宽边呢帽。有专职的童子军老师，每周一次课，出操，唱童子军歌："中国童子军，童子军，童子军，我们，我们是三民主义的少年兵。年纪虽小志气真，献其身，献其心，献其力为人民。忠孝、仁爱、信义、和平，充实我们行动的精神。大

家团结向前进，前进！前进！青天高，白日明。"（小号起：索米、索都、米索、米都、米都、米索、索索、索都）

每周一，校长带领全校职工、师生集合在操场上，先升国旗，向着缓缓升起的青天白日满地红国旗，行注目礼。然后，校长带领大家一句一句，背诵孙中山先生的《总理遗嘱》："余致力国民革命凡四十年，其目的在求中国之自由平等。积四十年之经验，深知欲达到此目的，必须唤起民众及联合世界上以平等待我之民族……革命尚未成功，凡我同志……继续努力……"有时还唱那首歌："我们总理，首倡革命，革命血如花，推翻了专制，建立了民国，民国新成，国事如麻，总理详加计划……"逢国耻纪念日，常开会，降半旗。有校长或老师讲话，有学生演讲，讲到激动时泪流满面，听者也垂头泣，爱国之情在心中喷发。"九一八"纪念日，为国耻、为东北三千万同胞，降半旗。这些例会、这种种举措，特别是国耻纪念日，真可是特别适合儿童的特点。对于儿童潜移默化的浸润，对儿童心灵濡染，是有很大作用的；祖国情怀、同胞情怀、誓雪国耻、发愤强国的精神志气，深深刻印在孩子心里。

春天，老师领学生踏青去到郊外，带上中午的野餐食物，沿途一面走一面唱歌。在春的田野，穿过清新的空气，穿过鲜亮洁净的田野，儿童的歌喉像花开簇簇，明朗亮丽，响彻晴空。陶醉了自然，陶醉了自己，也给农人平添了一份喜兴。踏青让我们见识了我们习法的诗句："一去二三里，烟村四五家。亭台六七座，八九十枝花。"这景象不在纸上，它就在我们视野里。我们见识了油绿的麦苗，黄亮的菜花，浅浅的花苞，草木的嫩芽；也见识了乡野村庄，农家生活场景。走到一处景点，便停下来休息，玩耍，野餐。三三五五一起，或各自独处。有的唱歌，有的吹口琴，有的吹箫、吹笛。玩上半天，然后心满意足地一路踏歌归去。

　　功课我不喜欢算术、历史。我天性很烦算计，一丝兴趣没有。至于历史课，一个又一个皇帝，都差不多，又有丁点差异，我实在提不起兴味学历史。

　　音乐、地理、国文、自然，是我喜欢的功课。奇妙的是，至今我不明白，也感到不可思议，我的音乐课成绩居然不错，但那成绩有些奇怪。比如说，老师发下新歌，我初次拿起，看着乐谱即能唱出歌词，并能基本不错。乐谱上的各种符号，延长、附点音符、三连音、休止符，等等，大致都能唱对了，凭的是直觉，音程也准。故而我的音乐课老师特别喜欢我。

　　我们小孩子唱的歌《可怜的秋香》是这样："暖和的太阳，太阳，太阳，太阳它记得，照过金姐的脸，照过银姐的衣裳，也照过可怜的秋香。金姐有爸爸，银姐有妈妈。秋香，你的爸爸呢？你的妈妈呢？她呀，每天只在草场上，牧羊，牧羊，牧羊，牧羊……可怜的秋香，可怜的秋香！"

还有一首是听姐姐她们大姑娘唱的,名《悲秋》,这首记得不精确,或有误:"晚来秋风吹呀吹呀,吹得我心动。独坐无聊生愁绪,摇摇不定蜡烛红。呀,听何处玉笛一声吹呀吹得我心动。何况那萧呀萧呀萧的梧桐叶儿响,又添着铁马铁马儿叮当好不凄凉,怎不伤感。一年年的秋风,一日日的流光,怎叫它春花秋月笑人忙。说什么功名,一场好梦属黄粱。待明朝揽镜看,又添上旁鬓萧条几重霜。"

以上举两首歌曲为例,可见出那个时代的一丝气息。

我们最初唱的是黎锦晖的歌:《小麻雀》《可怜的秋香》《月明之夜》《葡萄仙子》《三蝴蝶》,等等。往后唱《满江红》(岳飞词)、《苏武牧羊》、《悲秋》、《很久很久以前》、《念故乡》……再后来唱《渔光曲》《大路歌》《开路先锋》《新女性》。当然,再后来就唱《五月的鲜花》《长城谣》《义勇军进行曲》《救国军歌》《锦绣中华谁是主人翁》《旗正飘飘》《高粱叶子青又青》《卢沟桥》……许多的抗战歌曲。那首《牺牲已到最后关头》,歌词记得大致是:"同胞们,向前走,牺牲已到最后关头。同胞被屠杀,土地被强占,我们再也不能忍受,我们再也不能忍受。亡国的条件,我们绝不能接受,中国的领土一寸也不能失守。同胞们,向前走,别退后,用我们的血和肉去拼掉鬼子们的头。牺牲已到最后关头,牺牲已到最后关头。"

特别记忆深刻的一件事,百灵庙对日作战大捷,从战场下来许多伤兵。老师带领我们去医院慰问,我们唱一支歌:"(女童朗诵)诸位将士，明天是旧历新年，想必诸位家里都在翘首而盼；可是，他们哪里晓得，（齐唱）你们正为着我们老百姓，为着千百万妇女儿童，受了极名誉的伤，躺在这病院的床上。帝国主义为着要逃脱深刻的恐慌，他们是这样的疯狂，自从占领了我们的沈阳，又进攻到我们的长江，以及所有我们的边疆。他们要把中国变作一个屠场，任他们杀，任他们抢。听啊！飞机还在不断地扔炸弹，大炮还在隆隆地响，我们要拼着最后的一滴血，守住我们的家乡！"

我喜欢音乐，音乐老师时常抚着我的头，轻轻拍几下，说全班就我学得好。我自己也总梦想长大了做一名音乐家，我要写许多曲子。那时我也时常陶醉在歌曲里，觉得音乐和我的心一样。想着我不要富有，我买不起蜡烛，夜里上到屋顶去，借着月光作曲。一是屋顶高，离月亮近；二是我愿意只有月光、我和音乐。

地理课也有意思。每讲某省、市，学生的作业，下课后画一幅地图，标明山脉、河流、湖泊、铁路、城市，等等。讲外国简单一些，但也必须画出地图。上课讲三峡，老师就会教我们背诵李白那首诗："朝辞白帝彩云间，千里江陵一日还。两岸猿声啼不住，轻舟已过万重山。"至今还记得老师告诉我们：巫峡最长，瞿塘峡最险，西陵峡最美。还有个旧产铜，普洱产普洱茶，并且此茶煮了喝更有味。再者，上课讲巴黎，下课便有人唱："再会吧，巴黎，我爱你花香人密……"讲德意志，下课便有人唱："噢，倒霉的奥古斯丁……"凡此种种，无形中便加深了记忆与理解。

自然课，老师也讲得生动有趣，便于理解和记忆。比如老师上课走进教室时，拿着一个蓝墨水瓶，里面插一枝白菊花。快要下课时，他让我们注意看，那朵白菊花已经变成蓝色的了。说明植物的存活、生长离不开水分这一道理，很直观。

国文课，课文有黄花岗七十二烈士之一林觉民就义前一晚写给他妻子的诀别书，文字优美，内容感人："意映卿卿如晤：吾今以此书与汝永别矣……"虽然小孩子不太懂，但印象极为深刻。也能感受一点文字之美、境界之高。还有一课文：《地球，我们的母亲》，印象中音韵起伏有致，总体均衡和谐，统一中有变化，变化中有统一。像这类课文，老师要我们背诵。这也训练、陶冶孩子的内在气质，又是一种心灵享受。还记得有一课有些特殊，那课文的作者在巴黎参观一幅全景画，画上表现的是普法战争场面，法兰西一方被普鲁士打败，法兰西败得极其惨烈。而法国人为什么要这样表现自己的败绩，给国民看呢？其实是在告诉法国国民，记住耻辱，记住国耻，从而发愤图强；唤醒国民的耻感，以耻文化教育国民自强，以雪国耻；而不是总说自己一贯正确、了不起、战无不胜，因为那实际上不可能。我有时想，如果一切都很完美了，那就不用努力，也不用励志了。所以我们需要经常看到自己的不足和缺陷，要激发我们的耻感。

这里做一点说明，即清代薛福成有《观巴黎油画记》一文，与我幼时所学课文内容相同。但记忆中作者是蔡元培，想来或许我的记忆有误。

都德的《最后一课》也有深刻印象，特别是那老师在黑板上写下"亚尔萨斯""罗兰"的字样，很让我们幼小的心灵激动，眼睛发热，泪水几乎流出来。

那年份，我们那个小学，随着社会风气及教育制度的变迁，已经不用古文。起步从"人""刀""尺"等字开始。课目也遵循"五四"新文化进行全新的设置。今天思之，缺了古文一项未必妥当。人为地让优秀的文脉断裂，是一大损失。如果把自己民族的历史文化看得一团漆黑，会使国民精神浅陋空虚，缺乏底气。

说国文课，必然联系到作文。大约九岁时，一次夜间下大雨，第二天，校园光洁清新。操场、土路、砖路、石子路，还有树木花卉，处处如同洗过，清鲜无比。鸟儿欢唱着从这枝跳到那枝，满园阳光，让人生出天界乐园之幻觉。这一堂课上，老师在黑板上写出题目："晴"。每人必须在二小时内写出一篇作文。于是，我就那天早晨所见所感写下来，后来老师把我的作文念给全班听。关于这件事，我百思不得其解的是，那时心中连"诗"为何物，一点儿也不知道，可是为什么会写成一行一行？完全下意识的，顺着心中那时轻松欢乐的节奏，把它用文字记录下来。记录的是那种愉悦、欢喜的情绪感受。可当时我的意识里根本就不知"诗"是什么。多年以后，我才知道"诗"这种文学样式。之后,我才体验领悟了:生命及生命精神自有其内在的节奏韵律,自有其音乐性的感应。

大约十岁那年,国文老师、班级主任佘老师在作文课上出的题目是"雪"。这是因为前夜大雪,一直到第二天早上未停。一早打开门,鹅毛一般纷纷扬扬飘着大片雪花,屋顶、院子、街道、墙头,整个一个白皑皑的世界。上学路上,我见到一家门檐下缩着三个乞丐,男人、女人、小孩,披裹着破衣烂衫,缩成一堆打哆嗦,看上去以为是一堆肮脏不堪的垃圾。特别叫人不忍的,那不是单个儿一个男人或女人,那是一个家庭!家,应该是怎样的啊!一路上我的心发紧,重力挤压似的。

于是,我就把所见所感写到作文里,后来老师给全班念了这篇作文。我的作文字里行间,老师画了许多红圈圈,还写着:"你是未来的小作家。"不久,我收到一份儿童报,印着我的作文。这一切一切,当时我既不懂其意义,也就不放在心上,没事人儿一样,许多年都是如此,从来没有过写诗写文章的念头。直到二十世纪八十年代,《人民文学》印了我几首幼稚浅薄的诗,加上对往昔的缅怀和反思,不由自主、毫无目的地写起来。心有所思所悟,心有所感所动,就写下来,听听意见,与人交流。

学校还设置了一堂课,叫作"劳作"或"手工"课,每周两小时。老师教学生制作各类物品,刺绣、编织、纸制花、贺卡、书签……记得学生自己做的贺卡，种类纷繁，新年除赠老师，还要互赠，十分认真。五月端午之前，自己制作香袋，精致美丽。端午那天人人戴在衣襟上，过一个喜气洋溢的节日。最有趣是用树叶做书签，用一种药水，把树叶侵蚀，只剩叶脉，好似网状。这种书签最为珍贵，人人喜爱，争相制作、收藏。过往的岁月，人人常常致力于创意发明，事事体现着智慧灵气。

学校有"说话"一课，什么意思呢？那就是每周一堂学说国语，由校长亲自教，有课本，汉字旁边注有老式拼音。校长念一句，我们跟一句。"国语"，今日称之为"普通话"。后来学校规定，学生在校，只能讲"国语"，不说方言。

我们小学生还于放学或周日、假日，跑到文庙去，拿出巴掌大一小块纸和铅笔，到碑林拓下石碑上的书法。那也只是玩耍，并不懂那些林立在那儿的一排排石碑的价值与意义。或者，再爬到宽大的城墙上面，疯跑嬉戏；手指远方，眺望郊野景色，指点片片黄澄鲜亮的菜花、绿油油的麦田，还有村庄及飘动游走的炊烟缕缕。

……

春天降临人间，女孩子必定要做两门"功课"。一是采桑养蚕，挎个小筐笼，出门去采摘桑树叶，回家洗净晾干，喂蚕宝宝。去年蚕宝宝产在一张纸上的小黑点，就是蚕卵，把它藏起来，第二年春天取出，渐渐地蚕就自动孵化出来，很细的黑色线头儿似的。可是你每天给它桑叶吃，渐渐地它就长大着。在夜静时辰，蚕宝宝吃桑叶的声音好听，像雨声沙沙沙沙……等到蚕长到通体透明了，把它放在用细竹篾做成、倒立的扫帚上，它就会吐丝做成一个个美丽无比的茧，有雪白、粉红、浅绿、浅黄、浅紫、浅蓝各色……我们还给铜墨盒上蒙一层薄纸，把蚕宝宝放在上面，它会沿着墨盒的形状吐一片丝棉，数片丝棉放入墨盒，当储墨汁的墨垫。

二是采玫瑰，姑娘家春天收集玫瑰。西部的玫瑰较多，大多都是中国玫瑰。中国玫瑰花色含蓄文雅，香味浓而收敛幽美。洋玫瑰或月季花色艳丽漂亮，香味浅淡。姑娘们收集玫瑰晾干，然后做成小枕，让自己枕香而眠，或当作礼物赠送。

在北京，张仃先生出国工作，由欧洲归来，讲他在外所见：一小小乐队于居民窗下奏乐歌唱，居民欣赏并欢喜地从窗口扔下硬币。那乐队并非穷苦、衣食无着的乞讨者，而纯粹出于趣味。他们把此行为当作生活乐趣、当作游戏，想想很有意思。

在乡间

在乡间，我经历见识了前所未知的人情世故。乡村农人操作的辛劳、生活的艰难，年年如此，岁岁不变，世世代代，似乎没有改变的任何希望。一年到头，除繁重的体力负担，简陋的生产条件，还有天灾人祸。旱灾、水灾、虫灾，不必说了，就说兵灾——抓壮丁这一灾吧。抓丁的士兵还未进村，狗们便大叫起来，用狂吠攻击，也提醒主人灾祸临头了。气氛骤然严重异常，家家神情慌恐，乱作一团。小伙子立马逃窜，翻过后墙，或下到地窖，钻入柴火堆，躲进水井……实在来不及，则捂个被子装病。士兵厉声呵斥，枪托对准民众砸过去。民众只有苦苦哀求、求饶。若抓出男性农民，家人便只能下跪苦求，欲拼死争回自家的人。然而，手无寸铁，怎抵得过全副武装的士兵？最后只能以认命而败退。此时，或号啕大哭，或泣不成声，或泪眼婆娑，凄惨情状不能言表。整个村庄空气凝滞，凄惨之极。这种氛围会在村中延续多日。我每见此，数日沉默，不敢顽皮，少言少语，异常听话，但并不解这人世的苦楚。

我也曾看见人世间另一种惨象。村中有亲兄弟二人，拼了命地扭打，皆欲置对方于死地。为了什么？只为一星半点的"财物"！一件农具、一条板凳，或一块案板，甚而一只盆、一只碗……两个大男人、亲兄弟就这样扭缠在一起，打得头破血流。直到力气耗尽，各自蹲一边，呜呜大哭不已。不一会儿，有年长者来劝解，反复理论，再三规劝，直到双方认可。

不知为什么，看到这样的事，除了惊诧、害怕，我心里极焦急，恨不能自己就是那两兄弟，但定不会出拳，不会让对方疼痛流血。

这样的亲眼所见，又让我长了另一种见识，即村民遇到纠纷，一般情形，全赖乡里有威望的长者出面调停，是为村民公认的传统方式。并非官员所为，除非有正式讼事。

乡村最有威信者，还有村学教师，尊称为先生。先生也是为民众判明是非曲直的当然人选，人们认可读书人。教书先生知书达理，明白人间是非的深浅高低。我每每见到：在村中，只要先生走过，村民一面为他让路，一面点头问候，跟先生打招呼。这种尊敬知识、尊重读书人、按理行事的风气，来自久远的承传，习惯成自然、成风习，千百年来一直延续着。什么造反、打骂老师、侮辱先生、女学生打死女校长的事，不仅从未发生过，而且闻所未闻。

至于群体械斗之事，我未曾目睹，只听说过。那事就出在我家。老人们说，当年我爷爷过世，我母亲嫌二爷买的棺木不够好，她不答应。为此，母亲与四爷爷、二爷爷争执不下。正当远近乡亲来到我家，帮忙安排处理丧事时，我外婆村子的众人手持棍棒，肩扛长矛，冲到庄园附近，埋伏在庄稼地里。不过械斗尚未展开，就经过调停协商，以另买一口好的棺木而告结束。

乡村的贫困、艰难、凄惨、严酷、悲凉，真是说不尽，道不完。生活在严峻的贫苦中的农人，往往得不到温饱。尤其仲春二三月，青黄不接,有的人没有口粮,只得离乡背井,拉家带口出门乞食。可以说,相当数量的人过着半饥寒交迫的日子。

然而,正是这些可怜又可敬的农夫农妇,祖祖辈辈、一代一代创造出民族生活的独有样式。在极端严峻的贫穷中,竟能把生活创造得有和谐,有温馨,有深情,有诗意,有美。

那里的人是怎样接待远方来的乞讨者、朝山进香者?乞丐进村,狗们先看到,不,它们先嗅到。狗们叫起来,既通告主人,也对着乞讨者威吓一番。主人连忙出来,了解到情况,赶紧挡住狗。再回屋取些食物出来,送给乞丐,或当下吃了,或带走。若遇天将黑,会将乞丐留宿下来。这时,邻人们也过来,问长问短,何方人氏,家境如何,何种变故,何以流落至此……百般关切,不一而足。人群中又一番唏嘘,怜惜不断,议论不断。第二天,全村又都送些食物来,吃罢早饭,装满布袋,然后送他上路。一直送到村外,指引方向,尔后才转身回家。

凡朝山进香者走进村庄,都背着褡裢,风尘仆仆,面带倦容,却也透着坚忍神圣的气色。也有五体投地、虔敬无比的苦行者,扑倒在地,爬起,再扑倒,再爬起,如此反复。漫漫长路,如此这般地向着远方行进。直到到达某座山、某座庙,去敬神拜佛。所有这些朝山进香的人,刚一进村,狗们照样对其狂叫。而主人出得门来,见了,马上制止狗的行为。然后,赶紧招呼他们进屋歇脚,取出食物、清水,供其享用。又递上汗巾,拂去灰尘。有时,取一束香交与这些朝圣者,意为拜请代自己拜神祈福,或意在资助。彼此双手合拢,小声念念有词:"菩萨保佑""慈悲为怀""阿弥陀佛"……似乎一种超乎尘世的、遥远的气息漫延过来,人心柔软到几乎融化。

事后,过了多日,村中依然在议论、追述,又引出一番长吁短叹,感慨世事,感叹人生……

农人们世代同住一村,家家彼此了如指掌。有时人们相聚,一起谈天说地,男男女女,热火朝天,哄闹不已。这一瞬间,把自己的穷苦艰辛,忘得一干二净。人们毫无顾忌,高谈阔论,不知道谈的什么话题,只见个个笑得前仰后合,张大嘴巴,暴露出满嘴黄牙,兴高采烈得脸面变形,显出奇怪形状。这种场景,深深刺激着我幼小的心,顿觉恐怖,就像见到一群疯子狂欢乱笑,无正当来由。处在贫穷苦难中的他们,什么事能狂喜到如此疯狂、如此忘我!他们的狂欢疯笑,成了我的地狱。恐怖攫住了我,只得赶紧躲开,心情久久不能平复。

就这样,为躲日机轰炸,我们逃难到临潼老家。外公外婆关心新寡的女儿,于是我们就住在外婆家。在那儿大约一年的生活,所见所闻,印象鲜活,影响了我终生之所思所想。

在乡间,小孩子能做的事,无论拾麦穗、采蘑菇、拾落花生、采摘棉花,还是到井边照看马拉水车,井水汩汩流出,被导向庄稼地去等农活儿，我都感到十分新奇，极想参与。而母亲却认为我不懂事，怕我做错事，怕出危险，不主张我去。我察觉家里好像外婆很重要，就把想去的愿望告诉她。外婆给我一个小筐儿、一把小铲儿，还给村里别的孩子打招呼，要他们带上我、教教我。我高高兴兴加入一群孩子中间去了。自此我便经常跟着去，做那些活儿。时有发现，多有收获，比枯坐案前做算术题有趣多了。在田间身心自由舒畅，四周空旷无际，那是一种全新的感受，每天都有惊喜。大人在前面收割、挖掘，孩子们紧跟其后，搜索出前面遗落的麦穗、落花生、红薯、棉花，但凡有所发现，哪怕一小点儿，孩子们都会兴高采烈地大呼小叫一番，以向同伴夸耀。回家时心满意足，在家长跟前十分得意。

乡村的春夜，广阔深幽而又透明清净。树木、庄稼、村庄、山丘，如浮在蓝色透明的水中。置身此境，心早已脱出尘世，而游于九霄云外。天的尽头，大地的边际很远很远，月亮好大好大，好似硕大的银盘，又像磨盘正向上方、向天心滚动，似有轰隆轰隆的声音响起；又如古人所说"冰轮"，横在地平线上，静谧地、冉冉地上升。在这样的夜晚，我们小孩子往往成群结队，到田野去，采苜蓿嫩芽儿和草叶上的小紫花，回家撒在稀饭里，或蒸糕吃。

年关逼近时，家家忙活着，准备一年中最大最重要的节日。乡村人过年，专指农历春节。首先第一个小高潮，是腊月二十三祭灶。民以食为天，买来灶码，红红绿绿，贴于灶头墙上，再请神就位入座，高高在上,然后烧香、叩头,祈求灶王爷"上天言好事,回宫降吉祥"。香烟弥散,蜡烛燃烧,似乎有天界的气息降落下来,到了世上,人们心里遂满溢神秘之感。

日子飞快,转眼除夕到了,年味越来越浓。家家户户将房屋院落所有角落全部扫除一新,窗台、灯台、桌案、箱柜、屋角,总之家里每个角落,处处点起一支蜡烛,连大水缸里,也飘动着点点烛光。这样,满屋上下六方,高低错落,全让烛光照耀,意在照亮死角,驱赶黑暗,以祈来年日子光明吉祥。

家境不好的人家,重点角落也要点蜡烛几支,屋里也有几处亮点。即使在贫寒中,也要有些微光亮暖意。农人对生活的要求多么简单,其愿望何其美好!

那大水缸里如何点亮蜡烛?原来,农人将萝卜切成大块,插上一支蜡烛,如此数个,放在水面上,便见缸里倒映入水中的一支支烛光。上下辉映,光亮闪烁,灯笼高悬,神龛香烟袅袅,宛如梦幻。

你无法不钦佩,农人祖祖辈辈在生活中,有如此的创意与智慧。近年来城市中风行的"环境艺术",在乡村生活里早有其踪迹。

从大年初一直至初五,除了过年这一件事,没有人做别的。亲戚们彼此走动,自远祖时即已形成定规:初一各家自己团圆,初二大家齐往谁家,初三、四、五又到谁家。平日里辛劳忙碌,过年相聚格外亲切喜气。一起品尝年节饭菜,品评人事,品评穿戴,谈论年景……好不红火开怀。

历来民间风俗相沿成习,年节期间人们从平日的劳作中解脱出来,人人放下手里的活计,普天之下一齐来畅畅快快过一段喜庆轻松日子。如,从年初一到初五,忌讳动用针线剪刀之类,若犯此忌,定会瞎眼。用禁忌强制人们不做日常活计,且彻底放松身心,痛痛快快快活几天。让一年中生活、农事的节奏有张有弛,起伏变化,如一阕长长的田园交响曲。

还有端午、中秋、重阳,等等,不夸张地说,三天一小节,五天一大节,都与农事、节令、气候、历史、生活相关。开镰收割、播种、筑屋、打井……都有说道,成为一个节日,皆有言行做其载体而外化成习。

端午节,同样人人穿戴整洁,户户互赠粽子糕点。门楣、窗棂、衣襟、头上插艾草,雄黄酒涂臂,以防避热天五毒侵袭。粽叶、艾草、雄黄酒的辛辣馨香,在空气中弥散。而中秋节,除了买月饼,还要自制,到了晚上,在户外置桌案,供献月饼瓜果,以敬月神。不仅阖家团圆,还要互赠月饼,相互品评。

九九重阳,所谓"九月九,佛开口"。菊花飘香,天远气清。人们头簪菊花,携带酒肴,登高望远,大快身心。那时的乡村风习,十里不同俗,但总是传承历史和习惯。

那些特殊的日子,人们营造出迥异于平日的气氛。在年节前的准备过程中,人们忙碌着、兴奋着,也忧愁着、计算着;然而,总有满心的期盼与向往。节日一到，衣食住行，心情面容，一一换了气象，变了模样。那是怎样的一种景象和心境啊！

人们在年节将至的忙忙碌碌、喜气洋洋中，感受越来越近也越浓郁的喜庆气息，心也熏得酒意浓浓了。

嫁女儿也是一桩大事。新嫁娘起轿必哭，以示不舍亲人。假若没哭，一生都会受人数落。未出嫁时与同伴说、笑、唱、闹，一旦花轿抬到夫家，即刻要稳重含蓄、不苟言笑。这又寓指自己虽出嫁成婚、有室有家，但不忘祖先恩德。女儿出嫁走了，她的居室要彻夜灯火长明不熄。这又表示她的怀想与思念，也是另一种"音容宛在"。

冬季农闲，晚间姑娘们聚在一室。有的纺纱，有的为织布做整纱工序，有的刺绣，有的纳鞋底儿，有的缝衣。边劳作，边一齐哼唱歌谣，弟兄或叔侄则吹箫、笛为她们伴奏。这情景和歌声，使乡村的寒夜也变得温暖和诗意了。

村夫村妇，有自己的念想和追求。说到底，人是有思想的动物，是精神的物种。在日常生活中，编织、创造美和诗，从而照亮生命，充实与提升人生的价值与意义。这不是自上而下的灌输教训，而是民间传承和生活陶冶，民族品性由此得到滋润和塑造。

在延安

延安的"文抗",全称为"全国文艺界抗敌协会延安分会",那里驻有艾青、萧军、丁玲、张仃、刘白羽等一批作家。

他们建了一个"作家俱乐部",是萧军"化缘"集了一点点钱,由张仃负责设计施工。那是在半山坡的一大间半成品的房子,极为粗简。张仃找了两位木匠,和他一同做。在极度贫困的边区,只能就地取材,利用一些树枝、牛毛毡、白土布之类,都是很原始的。

做了一些矮板凳,上面铺着牛毛毡,放在墙根,权当沙发。用白土布做窗幔。还用白土布围了一个高高的筒,留个进出口,里面放一个木台子,这是酒吧。在酒吧卖烧酒的,是萧军美丽的夫人王德芬。

采光很要紧,四周墙壁安装了壁灯。用农民筛面的箩做的。箩,是用约二十厘米高的木片围成一圈,一面的底部绷上细铜丝网。把这圆的箩从中间切开,成为半圆形,扣在墙壁上,里面放一个小油灯,灯光从细网透射出来,柔和朦胧,暖意融融。

俱乐部还有一亮点:正面墙上高处,悬挂着"文抗"的会徽——一团熊熊燃烧的火焰,中间有一把钥匙,意指文艺家是普罗米修斯,为人间盗取光明,很是摩登。

在延安,这可是文艺家、文化人聚会休息的好去处。

我们儿童艺术学园和"文抗"来往十分密切,文艺家们喜欢我们,经常接我们去唱歌、跳舞。跳抗战舞、团结舞、丁玲舞……演童话剧《公主旅行记》《它的城》……公主一角由我演。后来,我的小朋友何理良和我演 AB 角。以后我们都长大了,何理良当时在自然科学院,她是哲学家何思敬的女儿,后成为黄华同志的夫人。

周末俱乐部有晚会,张仃还给大家做黑色面具,我们全都戴上大人们跳交谊舞、聊天;一些人围着艾青、李又然谈论巴黎艺术家的情况;萧军用俄语唱《五月的夜》;我们小孩子在大人中间穿来穿去玩耍。

"文抗"有一个人,从不开口说话,很怪僻。我见他太怪,就问大人,李又然和艾青叫我不要去和那人玩,说他孤僻古怪,小孩子不宜接近。后来,我听说他就是高长虹。我一直奇怪他为什么不开口说话,也从不和人交往,一个人怎能把自己孤立于人群中? 他内心究竟隐藏些什么? 他的生命终止于何方?

有一次,我在山坡上边走着边玩着,不觉走到蓝家坪艾青的窑洞门口。艾青坐着,韦嫈似在哄孩子,他们向我招手,喊我进去。艾青在一个很小的炉子上煎了一个鸡蛋给我,这是我在延安从未见过,更别想吃到的。我吃了,并且很奇怪,艾青同志怎么会把鸡蛋煎得那样圆,那样蓬蓬松松的。

那些文艺家有时也到我们那里去看我们。一次,艾青来了,我正坐在墙根儿,本子放在膝盖上写作文。胡沙老师领着艾青走了过来,胡老师说:"艾青同志来了,灰娃,把你的作文给艾青同志看看请他指导。"

我一听，把本子紧紧搂在怀里。我写的字乱糟糟的，我怕他们笑我。

胡老师从我手中抽出本子，给了艾青同志，他看了一下，说："灰娃，删掉的字不要乱画，要像这样画。"说着，他用我的铅笔，在本子上先向左画斜线，又向右画斜线，最后画成密密的菱形小格子，纸面看起来十分清爽，这个习惯我一生都用着。

与艾青一同从法国归来的李又然，有一篇散文诗，极美、极感人，是写我们的，刊在大型墙报《轻骑队》上。意思是说，我们小小年纪，和成人们一起为了祖国，肩负起救亡图存的责任，小小脚板踏遍祖国山山水水，用行军代替教室里的地理课。

在作家俱乐部，胡老师和张仃、艾青、萧军、李又然领着我们，看了西方现代派绘画作品复制品展览，野兽派、立体派、点彩派、前期印象派、后期印象派都有，打开了我们原本蒙昧的眼界。不可思议的是，五十年代之后的一段时间，我们反而排斥、恐惧这些东西。

我们儿童艺术学园的孩子们，画了两幅地图，一幅中国，一幅世界。又做了许多小旗子，红、黑两色的。红旗标志同盟国，黑旗标志轴心国。每天根据战况，用小旗子做标志。世界、中国战况，每天都一目了然，双方进退状况也了然于心。当时全球各战区统帅的名字，我们也倒背如流。同盟国前进了，我们兴奋欢呼，尤其战争后期，天天有喜讯，人们奔走相告。比如攻克柏林，易北河会师，贝当可耻的下场，戈培尔死到临头尚撒下弥天大谎，同盟国元首历次会议，等等。亚洲，特别是我们中国的抗战，牵制了日军主力，直到苏军出兵东北，英美联军转为反攻，最后八一五日本天皇不得不宣布投降。朱德总司令每天都发布八路军、新四军进军命令，真是再没有比这些胜利更令人兴奋的了。我们孩子们整个心思，同大人们一样，关注着战争的进程和人类的命运。在炮火硝烟的漫长岁月中，我们也成长起来了。

写诗去

幼年时,我的作文常受老师表扬,自己却懵懂不知。那些幼稚的文字完全是自然流露于纸上,并非刻意的写作。

后来,我一直没有也不可能有写作的想法,直到"文革"。"文革"中的黑暗、荒谬、恐怖和残暴,是我所从未经历过的,而且那一切都冠以"革命"和"人民"的名义。看到这个真相,我的精神大受刺激……

我的突出症状是极度恐惧,总觉得有人布置好了要害我,任何影像、声音我都害怕,而且还极度伤心、痛心,觉得坏人会永远、永远这样下去,好人说什么也翻不了身,坏人能量又非常之大,有权力,掌握着所有专政工具。这使我对人、对人类感到彻底绝望,以为地球上除了坏人,就是不幸的、悲惨的人,人活在地球上既不幸又花样百出地祸害人。坏人为什么要毁灭人们的正常生活呢?我在家里,就这样胡思乱想着、害怕着、担心着,日夜不得安宁。

常常又觉得自己游走到了阴间,在阴曹地府里给自己坟墓栽了些蒲公英、白头翁,还有一片紫花苜蓿。有时又觉得游走在云絮之上,在那里竟然能看到自己,和自己相拥痛哭。有时又听得宇宙里的星球倥偬运行的声音,巨大无边。

但更多时候是被恐惧和担心攫住,认为坏人已布下天罗地网来祸害好人。当我在椅子上坐下去的时候,感到自己身体往地心掉了下去,已经看见地心的漆黑,看见洪水、烈火和岩浆,于是恐慌万状,吓得叫出声来。孩子见惯了,倒觉得好笑、荒诞。

我这样当然不能出门。虽然有红卫兵、造反派随时可能闯进家门,但相对来说家还是我的安全港湾。因为有家人,有四堵墙,有屋顶。一九七二年,在家里头脑就这样地继续思绪纷繁,忽然不由地拿起了笔,随便拿到什么纸,便乱写乱画。一句话,一个词,一个字,一段文字,随意地写下当下纷乱思绪的一些碎片,像采下一片片花冠,零乱而不完整。写时心绪似乎宁静了片刻。但好景不长,写后一看,立时惊恐万状。心想这正是社会要灭杀的东西,是反动的东西,肯定已经有人用新式高科技仪器探测到了。这不是反动的证明吗? 于是,赶紧撕碎,装进衣袋,偷偷走到卫生间,扔入马桶冲走。就这样反复地做着。

后来,我把我写的一些文字偷偷装进口袋,悄悄拿给我幼时的艺术导师张仃看。

张仃看后,问道:"还有吗?"我回答说,全扔到马桶里冲走了。他沉思片刻,郑重地说:"这是诗,我们中国人需要这种东西。你回去不要再扔了,应该设法保存起来。"又叮嘱我继续写下去,还说"你心里有许多的美,写诗就是给美一个出口。否则,随着人的死亡,心中的那些美就随之消失了。"他还顺便说了一句:"想不到这丫头成长为我们民族的诗人了。"这句话,我听了真有些不好意思,有些害羞。

　　回到家,趁夜深人静,我把所写的纸条放在一个扁形铁盒里盖紧了。那时人们已经不敢养花了。我家露台上闲置着一大摞花盆,土早已干透。我偷偷地把上面的小花盆取下来,把下面大花盆的干土刨开,把扁铁盒埋进土里,然后再把小花盆一个个放上去。我再写了,照样再放在里面,做得不露痕迹,像什么也没发生一样照常生活。

　　我的外甥女肖菲姑娘尤为细心,任何事情经她手,她都会做得恰到好处。她总是独自安静地做事、读书、唱歌,或翻阅她保存的一些东西:美丽的叶子、花朵、蝴蝶标本、一片羽毛、一厚本中外名歌抄本、一些她喜欢的诗文抄本、一块绣工精妙的绣片……她守护着这些美丽的事物,无论是“文革”,还是“清除精神污染”,都没有改变她守护美的坚贞,在恐怖压力之下,她始终不曾动摇。她平日里总是娴静斯文,从未高声说笑,也未提出过什么使人为难的要求,绝不像在“文革”中成长起来的有的青少年,身上夹带着一股强势与蛮横之气。

　　就是这样一位姑娘,在“文革”期间我数次病危之际,专程由长沙来北京护理我。重病中,我交给她两首诗的草稿,嘱她扔进马桶冲掉。等我的病见轻,她又回长沙了。一九九七年,整理出版我的诗集《山鬼故家》时,意外地收到了她寄来的那两首诗稿!已经过了二十余年的流光,她把这诗稿与自己保存的那些心爱的宝贝藏在

　　一起,度过了漫长的灾难岁月。当年十多岁的小姑娘,坚守着正常的人性的生活,长大成人了。

　　这两首诗,就是《我额头青枝绿叶……》和《墓铭》。

自选诗歌

大地的母亲

人群喧笑众多眼睛搜索什么
我突然下沉　孤单寂寞
落日薄暮我低头匆匆赶路
一缕柴火味心里萦回
我双眼弥漫清泪
有一夜蓝天装饰着白云
夜色似水泛波漾辉
一轮满月在清气中鸣琴
我年轻的妈妈烘烤月饼
饼上贴了一枝儿香菜绿葱葱

顿时生机洋溢摇曳一株桂树
她又扬手摘取发髻上的银钗
从一朵晚香玉旁　用那银钗
在桂树下勾画玉兔　还画出
嫦娥忧郁清丽

妈妈安详从容神韵葱茏
她心牵手指一如流水行云
妈妈何以竟天女一般巧思妙想

又如此温馨明媚？我寻思定是
有个魔幻小精灵住在她心里

窗外树林　星空
门前溪水晃荡着圆满金色的月亮
还有窗前的妈妈　真是天地乾坤
一尊整体雕塑
一曲令人神往的赞美歌

想起我们那绿荫遮掩的茅屋
一抹夕照明灭斑驳溶金闪烁
邻家姑娘走来要几根洋火
她身穿自织的丁香紫粗布衣裤
发辫似黑夜双眸如幽谷

我们屋前那一架水车
它可是寂然不动被人遗忘了
还是久旱不雨禾苗着火
深夜里它还不停转动
风住星飞　一轮明月坐镇当空

村西头弹花库和榨油房
荒废了已有许多年数　中古的
庞大机轮和弹弓已年久失修
从前　每到隆冬田野一派岑寂
它们就日夜轮转震吼
似春雷在天际
不住发着隆隆滚动的低音
如今　那巨人似的机轮和弹弓
都静默地容忍了尘封
在屋后有老榆和古槐依旧守望着

鬓角飘摇丝丝白发　老妈妈
日头西沉蓝色暮霭低迷檐下
鸽子归巢鸡群上架
哪一晚不是你手执燃亮的松明
将它们一个个细心点查

春意已在白杨树银色光彩间婆娑扬波
老妈妈你为何双眉紧锁

哦不要忧愁叹气也不用离乡求乞
我们不是就要去青青麦地忍住心痛
把嫩绿的麦穗儿采来充饥么

年已跑完途程忧心忡忡
腊月廿三傍晚妈妈烧起祭灶的黄纸
跪在蒲团低头祈祷　许多年过去了
但仿佛那一角神龛前有灰屑轻扬
伴着赞美祈求的颂歌永久升腾着

谷子入了仓花已飘零　树林空无鸟声
我们那一带低矮的墙垛
留着些已逝的日影
金银花和葫芦藤丛中
有一颗晚星眨着眼睛

不知为什么　它使我想起
一去不返的年华
饱经忧患的老妈妈

每逢年时岁节我要高举着迷迭香
紫罗兰和番石榴的鲜花向你致敬

兵荒马乱　饥馑灾殃
你满头白发飘散
眼花了　背驼了
你是风里雨里
咬着牙挺起胸走过来的
昔日的怀想夜夜浮现梦中
千行热泪迸涌
泪水也在深心中
在深心中翻波涌浪
它几时能像禾穗儿迎风泛金光

哦我们亚洲大地的母亲
在我们东方严峻的贫穷中
你总是以你那清寒朴素的美
在棉田摘花在场上扬谷
在井边洗菜在灶头烧饭

顾不得婴儿啼哭
又坐上织机紧忙穿梭
你月白衣衫蓝色补丁
落满星星点点柴灰
渗透了汗水眼泪

你为村里姑娘精心打点我们那
寒碜的嫁妆　又为年轻的未婚夫
张罗迎娶的新房　剪了红黑两色窗花
贴在糊着白麻纸的窗格子上　是你
支擎起缺吃短用煎熬的光景

一阵犬吠惊心慑魄打村外传来
你当即关严大门侧身顶住门板
手握菜刀屏住气息
挡住抓丁的士兵
让小伙子翻过后墙逃走

争夺儿子的搏斗还未结束
没有慌恐

只见你出奇地沉默平静
我最熟悉面临彻骨鞭打你
自信严肃的神情

为大地保护它的儿女
刀枪暗自相向晦昧时刻
你周身秘密氤氲梅兰幽馨
你的影像飞向天使翅膀
神意闪烁中你笑着笑着哭了
你那女性温柔的肩头挑起千斤重担
慈爱的心上压着万吨石头
你心地虔诚一身素朴
想起你不由人激情无法平静
一阵阵隐隐心疼

大地啊,山河
哪个年代我们祖先凿了第一口水井
什么岁月我们祖先搭起第一所房屋
我们打过多少仗织了多少布
经过多少回的天灾祸患

我们祖祖辈辈为你洒下多少血和汗

我们编了多少动人心弦的故事和诗篇

我们在黑夜里透视出你哭泣的面容

我们魂梦萦绕你衣衫褴褛遍体鳞伤的形影

我们亲手扭断套在你呻吟的颈上的绞索

我们心坎回荡着你挣脱锁链的怒吼

我们为你倾注了多么虔敬多么严正的深意

我们精神充满对你难以言状的爱情

我们神清气宁情志高远的气质与心灵

……

……

祖国　没有我们

你还成其为你么！

1972 年

端午的信息

我不是跑过一片梅李林
　　找到肥美苇叶替你采来了，妈妈？
林子里茅庵塌坍，流萤、童话安了家
　　可是月光悄悄洒下些清辉么
艾叶迷离银色映林光
那儿正飘荡艾草清香

是什么照亮了我们艰难岁月
　　叫沉重的日子展翅飞翔？
幻想于深心处开放
　　银艾红莓点染五月光华
穿透劳苦麻木，去唤醒
　　一日丰采一日温馨
端午的信息在秋千高高的支架含笑
　　飞上女人眉梢兴奋了唇角
孩子们盼一整天开心，宝贝啊
　　节日气息渗进你莲藕似的肢体
你小小心上银笛清澈荡漾
你眉宇秀嫩盈满花的生气

听那汨罗江水低吟《离骚》《九歌》
　缅怀屈子虽死无悔情怀
渐渐地它越过林端到达庭院
　在家家户户案头灶台停留往返
流转在村路顺车辙蜿蜒
　伸向远方的城堡村寨

1972 年

出嫁

四月清晨阳光欢快地
　　展开金色翅膀
梅李子花香丁零丁零
　　在春气中浮动
天空一色蔚蓝
　　喜鹊架起尾巴青白分明
梅香和她少女的发辫永别
　　高高挽起妇人的髻
童年匆匆有如逝水
　　转眼流到终点
谁能不走向彼岸
　　永依母亲膝边
梅香泪水脉脉盈盈
　　母亲、婶娘眼泪也缓缓滴下
欢会
　　别离
生命哟
　　谁能说清你在我们心上
薰香的温馨
　　谁能吐尽你对我们心灵

幽伤的慰藉之情
　　谁又能抗拒而不套上你用
少许香花酸果成串缀织的链环！

喇叭笙箫吹奏
　　一顶彩轿进了村庄
停在门前影壁一旁
　　门坎到轿子跟前
大红毡铺路
　　村人都汇集这里
紧张　忙迫　喧哗　议论
　　沸腾的滚水
乡村乐队又开始吹奏
曲调兴奋　喜气洋溢
妇女们围了满满一屋
　　看哪　看她们施的什么魔法
把一个少女化作一个少妇
　　给人间梦幻挡上一道门坎
在生命征程造出一道界标

梅香发辫被解开了
　　她轻轻啜泣声中
一双娴熟干练的手
　　将她乌发梳理
木梳忽地离开巧手。一晃

便横含在巧妇口中
以不可思议的灵活准确
　　将那一握乌丝
拧成一股盘在了头后
乡村乐队不停吹奏
女人们啧啧赞叹声中

银簪　绢花　绒花　鲜花
　　接连插上新挽的髻
看哪　看这成人仪式
　　这苦涩征途启程的路标
看上去它颤巍巍花团锦簇
　　猩红袄裹住梅香
满绣凤鸟花枝的百褶裙

从腰间垂到脚面

裙裾旋动沉甸又轻盈

　　青春！

青春在这少女一动一静中骄矜

　　脚上那双红绣鞋

两盏灯！

　　照亮村庄叫人睁不开眼睛

滴露的莲花一朵正舒展花冠！

这是梅香么

　　分明

一阕奇丽乐曲

　　一片星花闪烁

乡村乐队不停吹奏

催促这庄严的创造

银镯一对

　　妈妈亲手套在梅香手腕

"擦干新人泪痕

　　眉梢要画得渐轻渐缓"
婶娘发话威仪
　　引起又一阵急促骚乱

乡村乐队不停吹奏
哀送着　祝福着
生命遥远未知的路途
"噢！噢！新娘要上轿了！"
孩子们一窝蜂拥向门外
村民们围成层层数圈
　　看看这轿子
怎样的装束与风采
　　迎接它的新人
它左边
　　深红柔韧的桃枝
弓之象征　它右边
　　秫秸上端插着钢针一簇
锋利的箭头

唔！一座小仙灵的家屋

它一身通红
包藏红玉的光焰
　　涵蓄洋洋喜韵
像婴儿的幻想宁静光明
　　原本它是
红睡莲深夜离奇的梦境！

乡村乐队不停吹奏
单调高亢直冲云霄
何人？何事？召唤什么？
这般昂扬这般莫测

看哪！一位云外仙女
　　一朵滴露的红莲花
红纱遮面
　　一个汉子——伯父捧着
一手扶背　一手托膝
　　轻轻放在那离奇的梦境里
众人注视着那汉子

他离开轿踏过红毡

可是
　　红莲怀里是什么
那红纱遮面的仙女抱着什么
　　她右手拥着一个鲜花缀饰的筝！ ①
她左手抱着一个蔓叶缠绕的梭！ ②
　　梅香姑娘
她由一个少女
　　成为一个媳妇了

我们民族古老文化的源头
　　我们原始的祖先
你把怎样优秀怎样庄严的秘密
　　传给了你的后裔
你以怎样智慧怎样神奇的创造
　　令万方惊异兴叹
你璀璨的光华
　　照彻我的思想我的梦魂

深邃、馨香、万古悠悠的暖流

在我心上浮动……

1972 年

① 古老织布机零件，形似乐器筝，用以穿经线。

② 古老织布机零件，用以穿纬线。

无题

为什么
　我今年
　　这样忧郁

田野里
　紫地丁
　　早已谢了

布谷鸟
　将唱起
　　明亮的歌

从我们
　屋顶上
　　往返掠过

可爱的
　紫地丁
　　岁岁开放

布谷声
　从云端
　　摇落荡漾

山那边
　"估衣噢！"
　　叫卖声声

什么人
　留下这
　　枯井一口

为什么
　我今年
　　这样忧郁

凋谢了
　紫地丁
　　悄无声影

布谷鸟
　已唱着
　　明亮的歌

从我们
　屋顶上
　　往返掠过

1972 年

心病

昨夜　烟水迷人眼　满地花如雪

成群红烛火苗与水中自己的光艳花朵
在古旧大笨缸水上微颤着往还穿插
洋溢着鲜花气息淡红浅紫雾氛
这奇异景象最初绽放于怎样的念想

窗台　屋角　箱柜　神龛高高低低　烛光
迷离地颤悠,上下四方光影徘徊
企盼什么　牵念何人　感恩何事
这奇幻深味何人创意?

这一刻,我见证了新老时光互道吉祥
琴弦响了,聆听神的叮咛,我被惊着了
我正在经验一种新的生活样式
农人活着艰辛,心思、活法缘美缘善而进

琼花扬扬洒洒为你罩上洁白的披风
放眼望去　满目银色华彩
鬼节阴风追赶你蓝色的雾

金、黄、褐、红搭乘风神锦辇且舞且歌

偏远的角落　我尤爱你覆满落叶的幽暗流水
月夜森林好长的阴影　鬼魅幽灵暗自走动
这些可还依旧? 忧戚心中发芽　我只想为你祈祷
大把花瓣向你抛　我只想为你吟诵

跟你学会农妇哭灵的挽歌
村童逃学风筝凌风一季
我望着天光恍惚吟哦　倾吐你
富饶而艰辛的原委与深意

你像村道上那个朝山敬香的人
褡裢挎肩　尘土落满
全程膝行　忍着饥渴
告诉我　你的路哪里是尽头?

1972 年写
2019 年删改

水井

　　玫瑰、木槿、蜡梅、月季，一意攀缘井栏断墙的七里香，薰风从沉睡中摇醒，饮过了春雨春露纷纷睁开眼睛。皂荚树已挂满了长荚簇簇。

　　人声水声环飞，树影花影横过，这井台也是一个缄默多少年的处所，目睹过村民多少悲欢离合。

　　过门的媳妇待嫁的村姑常结伴来到这儿。

　　水车嚯嚯，马蹄得得，井水湍流在铺满陈年青苔的木槽。

　　那湍流又往石槽猛注一股狂涛，一头雄狮抖撒鬃毛纵身腾跃。

　　女人们捣搓衣裳跪在渠边。渠水摇晃，倒影浮荡　青春在笑声笑容中洋溢，生命随臂腕律动而流涌。其中也掺和了深重的和轻微的叹息声。

　　钏镯在石板撞击，结串的银铃跳珠溅波，丁

丁当当跳落水面上。

　　劳作的节奏,生活的韵律激荡旋转。鸽群滑翔,鸽哨嘹亮,天上人间一片银光一片交响。

　　1972 年

大地的恩情

人人都说自己故土好
可我的故乡真真叫人心放不下

遥望云端，巨大碧蓝的钻石琉璃峥嵘耸立，终年蓄有白色蒸气。以其明秀杳远扬名，气概出世。

终南群峰埋藏数不清的逸事传闻，怀抱永不得解的奥秘。

烟雾缭绕，游云掩拥，人们说那儿有神仙居住。

宁静的白昼，大气隐约飘忽圣乐，渊美，旷悠，《赞南海》《菩提颂》时隐时现，摇晃着诵经击磬声。

原野伸展，望不到边缘。钻天杨一行行精神抖擞，树梢高挺着探求云乡。

天风能逗它哗哗乱响

也有人听见仙女们云际拍手鼓掌，错错落落
一阵阵从天外飘洒。

楸树、楝树青葱绿叶编织清夜的梦，幽幽月
色中抖颤着飘落繁花。

椿树、梧桐倦于整夜眨眼，高擎碧绿华盖随
夜风凉意悠然飞动。

合欢枝叶高张，托举着粉红云霞，好似新娘
披着月光戴着婚纱，从水面端详自己的娇丽，却
不防，一阵风潇潇洒洒摇乱了身影。

清秋节，原野山岗满眼红宝石琥珀珠玉。晨
雾缥缈着越过曲折清凉的微波，向丰熟的田垄果
林浮游。

忧郁的蓝幽幽的温柔渐渐扩散，湮没大地溶
染万物。

静夜里星群浮动，月神正徜徉树顶。何来这万千令人陶醉昏迷的音乐回环荡漾，流过朦胧如梦的景色？

听那苇丛糅合了多少秋虫、多少草花树叶轻诉，摆荡溪水低徊轻歌。

1972 年

村口

我归去的脚步
步步踏出你回响的颤抖
一股热流咽塞了胸口
走遍世间，几个人心
经得住颠簸！多少岁月
从我们脚下流过，你啊
总还是那一身打扮
知了还在梢头唱那烦闷的歌
篷顶柳丝悠缓飘拂
我们村外小木船还在停泊
忧郁地，坚韧地

为什么，为什么还没人撑起篙
放它到一路顺风宽广的河面上

偎依着妈妈，新添的牛犊子很乖
老黄牛依旧拴在场畔的枸树
这一对牲灵，不知怎地
看着总是叫人心疼
它们眼睛凄惶无奈

（总泪汪汪的）

知道歉收

也懂得人心忧愁

它们从来就这样

漠视前方，嚼着青草

默默地，茫然地

为什么，为什么还没人解开绳索

放你到辽阔丰腴的绿野天边去呢

1973 年

我撒手尘寰……

我撒手尘寰,那些因我降生
忤犯了的言词表情都变为装饰

我鬓角额前星星缀满
我为厚道的心呼号用嘶哑的嗓音

即使世间没有感应没有回响
也压根儿就没有真这件事情

摇曳人心魂的风歇息了
钟声也已静默,我笨拙善意的唇

也寂然闭合,从那儿凋谢了往日的
琴声激情,有的虔诚有的心不由衷

我眼睛已永远紧锁再也不为人世流露
深邃如梦浓浓荫婆娑

安息着我额上青青的桂树
谁给栽的 我

已然沉寂不醒
松涛凝定不动　一口静穆万年的钟

想起我挂了重彩的心　它
一面颤抖一面鲜血直流

如今它已停止了跳动　世人再不能
看它遭严刑而有丝毫满足

生而不幸我领教过毒箭的分量
背对悬崖我独自苦战

与维纳斯阿波罗对垒
弓开箭鸣飞矢钻动我心上飕飕交锋

我抵抗生命陡峭的风浪　一人
流尽人间眼泪　只剩些苦涩回声

从峭壁迸溅　散发野草泥土气息

带着魔法力量　我发誓

走入黄泉定以热血祭奠如火的亡魂
来生我只跟鬼怪结缘

我听着日月飞逝　明亮的光影
凌乱斑驳触响心中幽深的叹息

记忆的枝叶静静飘落
是一些心灵厚意　我欠下的

怕是来不及回报了
尘世已为广大的静寂笼盖

我已走完最后一程
美丽的九重天在头上闪耀

1973 年

土地下面长眠着——

阴气弥散乡间墓园，轰轰然林隙导入光的泉光的瀑，千线万点迷离飘扬，仿若一片亮亮的幻象，一座颤抖神光鬼火的灵殿。

清风乍起，无数树枝碰撞晃摇声浪萧萧，满林间光与影忙乱纠纷，倏然地，缭乱地……

光的烟海飘满了天使，轻张翅膀到处游戏，快活地追逐，却不知亡魂时常大胆出没。

嬉笑呼唤驾着风，亡魂们惊讶了，停下脚步，似有哭声叮咛从地缝钻出……

这儿黄土掩埋着整段整段的旧梦。

1973 年

既然那老旧小船还在停泊……

我心中记忆与系念的水泉
扬起滔滔滚滚的洪波注入你的诗篇

这晶莹清流出自我胸膛深藏的
　　你粗犷多情的源头

我迷失的心灵梦中萦回
　　秘密思虑中低诉

你在我心扉深邃的迷宫轻声叩击
　　应答你我用坚实的脉搏呼吸

你在我心扉深邃的迷宫缓缓下沉
　　寻思探测自己的深度

命运把你安置在我心中
　　但何处是你梦寐以求的归宿

接收你宽广无声的音乐
　　我的心驶入辽阔而奇异的和谐

我灵魂里岩浆往外翻涌
　与你的不幸你的苦情往还倾注

我还有什么献给你能比你
　自身更深沉更叫人揪心

只有宏伟高山莽苍平原
　滚滚急川猛烈雷电才配向你致敬

这个世界的太阳照着我的肝胆
　我的烦闷和我由衷的失望

你的创伤不幸如同致命铅弹
　自破败塔楼发射口
可怕地瞄准对着我左胸
　我的心已千疮百孔
也不见你百发百中射击停息

当我告别这空虚不平的人世

坟上松枝昼夜哀吟

树间魂梦不散

心事重重

1973 年

我额头青枝绿叶
　谁给戴的
谁的手给我套上
　这身麻缕长袍

听这音乐缓缓滚涌
　如海洋像大气波动
忧郁的萨克斯风
　不要把我的痛楚悲伤吹走

清风扬起琴声里
　我俯瞰下界血色背景
一排排刑具依然挂在墙上
　看看我这伤痕密麻的心吧

满足过你们的窃喜愚昧
　年复一年我生命屈辱无望
装饰了你们的心思，成为
　你们鸿运醒目的标题

然后发迹,陶醉
　　你们的心机关扣着机关
齿轮咬住齿轮
　　但这会儿

清风把这音乐扬起
　　琴弦悠长萨克斯呜咽
烛火摇曳青枝绿叶轻颤
　　朴素高贵的葬礼

我再不担心与你们
　　遭遇陷身那
无法捉摸猜也猜不透的战阵
　　我算是解脱了

再不能折磨我
　　令你们得到些许欢乐
我虽然带着往日的创痛
　　可现在你们还怎么启动

你们反逻辑的锯齿
　倒刮我的神经还怎么再
捅一块烧红的铁往我心里
　这一切行将结束

终于望见远处一抹光
　拂去额上的冰凌
我被这音乐光亮救起
　彻底剥夺了你们的快意

1974 年

不要玫瑰

不　不要玫瑰　不用祭品
我的墓　常青藤日夜汹涌泪水
清明早上　唤春低唱　一只文豹
衔一盏灯来

匆匆赶来安顿歇息
我深思在自己墓地
回望所来足迹
深一脚　浅一脚

寻思那边我遗忘了什么
崖畔　光影　清水　风声
徘徊　徘徊
总是　总是寻找什么
我已告别受苦的尘寰
这儿远离熙攘的人世
白日里我听见　蟋蟀空寂鸣叫
黑夜里我听见　山水呜咽奔流
我有心跟山水悠悠流走
又恐怕山水一去不回头

启明星哟
风里露里　请以清光辉映

不要
不要向灵魂询问

1975 年

只有一只鸟儿还在唱

只有一只鸟儿还在唱
  唱也打不破
冰一样的寂灭静默

我们不再会请求
倦于幻想　可是
预言的鸟儿啊

  你就不能用你那
清越洪亮的歌　祝贺一个
  明丽的日子诞生么

1975 年

我怎么能说清

我怎么能说清,夜幕低垂,笼罩弥漫我们村子,那苍凉忧郁的幻影? 万古不散的幽灵? 悄没声息的猫精?

轻轻跐起脚爪,一躬腰上了院子墙头,在布满黑苔的屋瓦踌躇片刻。又端坐青石磨盘,大模大样,诡秘莫测东张西望,驻足谷仓一旁寻思什么。

它在掩映井口柔情依依的柳丝中做梦。

傍着辘轳,它在倾听什么呢? 来自井底清亮回声,仿佛隔世异样音调,漩起久远的记忆,解答你无从知晓无从应验的疑虑。

它真真实实站在乡村学堂两扇厚实的榆木大门前,注视每个过路的人。从阴影里走出来,叹一声气,趑回农舍,溜进烟囱,与炊烟齐头并进,哦,遥远遥远,漂摇天心浮游蓝波的仙岛!

谁都看清了,它时常绾住村妇的鬓发一绺,固执地,自那些含香如花的鬓边,掠走了不知多少个贤慧快活的流盼。

也把些个小小欣慰、来年憧憬写在灶膛未烬的残红里,写在喜鹊报喜爽利的啼声中。

　　银汉清明，淡月笼纱，它便在一大片盛开紫花的苜蓿上空徐徐降落，比纱柔，比云轻，在漫空银尘中簌簌抖动，陶醉大自然的灵魂……哦，我怎么能说清。

　　时尽三更，它落落寡欢，带着隐秘心思，踱进茂密昏暗的老树林。那儿拱形树冠撒下浓荫清影。地上的野蕨、棕色蘑菇沐在浓湿的夜露。纺织娘和蛐蛐儿的歌也已沉落。只有信胡子（一种猫头鹰）洪亮中带些沙哑的笑声（莫名的恐惧！不祥的兆头！）大着胆子冲破深不可测的夜的寂静。远方时而流星闪过，在天空划出最后一次光明。那忧郁苍凉的幽灵，就在这座林子徘徊等待，跟树精、牧神聚会宴饮，用苦酒驱除心中愁烦郁闷。

　　哦，暮霭沉沉，弥漫在我们村子，巨大的幻影，我怎能说清，怎么能说清，你无处不在，无边无形，你那世态人情千头万绪，离合悲欢随流光逝去，你的陈年逸事世代相传，你的忧患叫人琢磨不透，逼人发狂发疯，你天真憨气的傻想，鬼神显灵的传说，还有你抚慰人心灵的梦，叫我怎么能说清。

哦，我怎么能说清，夜色茫茫，游荡在我们村
子，万古不散的幽灵，徒乱人意暖人心房，又温馨
又凄伤。

无论何时，走遍世间，我总闻到，夜气袭来，
炊烟的熏香，一丝苦艾味道，圣经式的气质肃穆，
尘世的惆怅苍凉……

1975 年

带电的孩子

夜深了

快把屋檐下鸟笼子摘掉
挂在枝上的蝈蝈笼儿
　　　　　要放回墙角

窗下那本安徒生童话
（你翻皱了边儿的）
　　　　　也仔细收好

别叫雨点儿打湿了　孩子
你望望门外　山峰上乌云
　　　　　争先恐后地拥挤呢

火蛇可怕地行进
在峥嵘云堆
　　　　蜿蜒窜跳

夜深了

是谁　还在漆黑的暗夜徘徊
不是徘徊　是
　　　　你夜夜梦见那悲伤

就在你走来的那条路上
洒满了你初醒的泪
　　　　那儿冬青树才发青

抽出嫩叶
给灰心的过路人
　　　　送来清风　送来慰藉

那一片青色的美丽
还把清冽泉水
　　　　一直引到一角干涸的心

夜深了

是谁　在这漆黑的暗夜吹送福音
他拿自己灵魂换取一管魔笛

用自己心琴弹奏

是谁　在这漆黑的暗夜
聚集着光
　　　　比天上打闪还耀眼

噢　是一群身上带电的孩子
使这沉寂的黑夜变得奇妙
　　　　真是不安分哟！

1976 年 4 月　清明后

鸽子、琴已然憔悴

一

来到远离埋骨先人地方
祭奠人世不朽的恸与殇
又为什么跟众人此岸忙活
心有迷茫却强作兴味不错
眼见那伙妄通法者
一夜之间通体窜出
另样枝条竞相吆喝一争嵯峨

调门尖刻或不露声色更趾高气扬
八面闯来　我司梦的花冠
遭此摧折　严重缺氧拼命呼救
嘶哑声困在颅腔四壁冲撞
能再递我一挺轻机枪吗　或许
透露些许那老者谶语谜底
即使宿命也该让人弄懂
怎样言说如何行走什么表情
才算暂时做稳奴隶的准则
太费猜测令人气绝　再说了

这关乎我　对人类绝望　再不会
有什么憧憬　要不就说说
预言鸟的故事　美善　清晰
那大爷晦暗机巧　逼人崩溃

二

想起树椿狗尾草想起那些风
捎来世事叹息的回声直吹人心灵
那高高的风水瞭望者为什么总是
觉得自己精灵飞走了；树顶鸟窝
晃着歌谣　莫非那儿躲藏着我?
这证明我的生命由我本人活着?
可心灵感应又收获些什么呢!

何方烟尘正抹去灵魂记忆
那个孟夏子夜满城花谢
至今还没装殓　莫不是日久年深
寂寞了一脸懵懂蓓蕾夭殒
依依地执着?仍未敢点支蜡烛投去

一缕光望乡岭？安魂曲送一程？
既然我们侥幸活在世上

三

灵与魂被强暴？被偷换？亲手捧献？
千秋深意有谁品味过？
什么人匆匆停下一霎把心观照一回？
何以意识中枢与心律交火？
谁的魔法应验了？真可谓
豪情竟惹寂寥？剩了一襟晚照？
饱受惊吓的心　不要往浓雾里飞
也不要靠近燃烧的玫瑰

玫瑰燃烧会焚毁你脆弱的心
最最脆弱部分　你不见
月华星辉掩映　故园风雪后
屋角墙阴面影不明　万千天籁
把神的意念传诵　守护神的昭示
已是无声无影

可丝一般易感易伤我的心　原本
山林流水原野村镇
卡农变奏缠绵　复调层次交织渗透
我魂魄震撼　心灵洗礼
亮亮的神的音乐圣洁空灵　令人肃然
我生命的要素消逝在迷梦里
哪儿去寻？哪儿去找？让我们
去听星云

四

生命流程暗摇声响　我这是
从哪里归来？和自己相向泪如雨
这时凶兆暗隐怪笑四面冒泡
我的心化作嫩蔓朝里卷缩
却说有只鹰回旋秘语　迷茫着
梦着有朝一日心魂修复
灵性回归　涉蹚什么样的水火？

天深处水域渡口众多魂灵有我

神前敢问：准许去心弦崩裂广场

凭吊人世不朽的恸与殇？

那儿鸽子、琴已然憔悴　花朵夭殒

云之上谁把信天游高分贝孤自嘶吼？

神前敢问：哭、笑、忧、愤可由自身？

泰然处之？置若罔闻？

神的杰作我　生而不会

你去问一问　今天

神可想收回自己作品？神说

不许你先死　正义尚未来到

1977 年初稿

1992 年完成

2019 年修改

穿过废墟　穿过深渊

哦　清朗透明
　　长笛一声声
　　晨号激荡金色云层

美好时光　已
　　与　年　岁
　　　共逝

蓝　黑
　　浓绿墨深
　　　那忧郁星辰

也　随　潮　汐
　　流　走
　　　我们也曾背着人将

长长的夏唱成一支歌
　　我们的额
　　　　一串冰凌吻过

我们不是编过

忧惋的花冠？

不是跑得老远老远

采来忍冬绕成花环

欢愉又青葱？不是走在

一条走不完的路

那时黑夜还正揪住黎明？

夜气浓湿古坟幽寂

原野布满埋伏

野花落了又开

拱门破败

石阶塌损

哦　别提　别说

都一一省略

难付言词笔墨

听
　　细听过往脚步
　　　　步步都是已逝的

我们青春的回声
　　　　不由人
　　　　　胸膛一阵灼烫那儿

已酿出一池泪一滩血
　　　　又是一个
　　　　　　清冷的秋天的早晨

又要迎来
　　　　冬日黄昏漫长沉闷
　　　　　孩子们

我们可否再次点起
　　　　金色烛光
　　　　　　众琴铿锵

月华星芒飞遍
　　镶上碧空　有
　　　　我们一大滴泪

在高处燃烧最是晶莹
　　我们又
　　　　用天声用月色清露

编成一个花环不朽
　　满腔心思都被
　　　　一袭蓝雾一片白云系住

生命弦正要调好
　　去航越
　　　　瀚海冰峰

在那绝岭
　　武帝立马翘首
　　　　亚历山大东望却步

天宇澄清

　　冰川火河扶摇晃动

　　　　驾波驭涛我们载了一船

青山爱绿水情

　　一船未知一船呼唤

　　　这样就

浩荡　堂皇

　　虽是还

　　　　有些苦

涩

　　一丝　薄荷

　　　味道

1977 年 10 月

我招供——避开了……

梦启迪了我
无边无际　音乐载着
造化的喟叹于我心中延展

一

遥远　苍青
你那静寂与叹息
我已渴望太久
我要向你招供
我人性的委屈
朔风蚀骨
扫过盛装的树
枯枝不善弹奏
葱茏神往的欢歌

避开了
毫无价值的嘴脸和社交
谛听树叶　谛听寂静
晚来泉水淙淙琤琤

和着森林低语

古老磨坊大木轮子水神推送

呼呼呼呼价地转

筛面机卡嗒卡嗒

二重唱、轮唱忽隐忽现

农妇老汉谈说年景

守林人抽烟歇息茅庵前

绿油油伸去老远老远

黎明前微亮勾出地平线

那儿河面似螺钿一闪一闪

林梢微颤出

婷婷袅袅　天使婀娜？

风中摇曳旋绕着炊烟何其飘然

巨型火轮朝西滚动

天边正褪去长衫色泽微妙

自谷底毛梢子林渐渐隐没

箭杆杨直指天宇

明镜一轮高擎梢头

阴翳中村姑们一双双光足
溪流吻了又吻　吻了又吻
那一湾清溪竟荡漾着
一曲童谣　恩恩怨怨
神鬼人的逸闻奇想

左近磨坊窗上一盏灯影摇曳
大木轮子还在咿咿呀呀地
是谁打那儿路过
赶集迟归石匠老人

二

你的松林怒吼不息
声如涛　色似玉
岩峰咆哮风骨千仞气韵惊悚
你那林莽猛生乱长池沼
野花山果安然枝梗
暴风雨袭击过越发蓬勃
清流涌自何处秘境？

白云生于哪尊神的气盛?

崖壁上激流狂泻奔腾
冲破远近山林幽静
只听见哲人叹息放缓脚步
钟声轻荡着诗人梦的忧思
微醺游吟趋向云梯
而逢阴云冲动　雷电发火
满山满谷响应
叫天地山川战栗不已
直到主神干预
停息在万山丛中一处深谷
我便忆起杀伐之声震天
剧痛战栗的山谷

仰望峦峰不是　叠嶂不似
只见激情　灵性
亿万年的推敲　斟酌
我望见一线蓝光飞逝
意会了天地　领悟了人生

奥秘　肃穆

出世幽独　只有山鹰配为伴侣
静止的云　张翮的鸢
垂悬在倒影野花的湖中
看着浪涛喧啸争锋
便想寻觅那秘密源头
这激流怎样挫折扭曲
融入湛蓝色的絮语神奇的和声

三

……我怎能离你它往
在你胸怀我拥抱整个儿宇宙
宿命之星已然烁亮
诗神的树正抽芽泛青

离别路上　骊歌渺茫
你用沉默吻我心上
只要求一个朴素青葱的花环

一个常青的报酬

我怎能离你而去

那儿把无香芬的花狂摇

往洁净的花涂上颜色

你会哑然失笑

你清灵博大的气韵风骨

在我心房流转

你生命情调精神气象

不灭的星座

我不忍离开你　你是我永生的记忆

清籁满空松花坠落的寅夜

我徜徉在你松林的静谧

你的静谧徘徊在我心里

我也追回激情挥洒的日日夜夜

和那些无名岁月日常、深邃、肃穆

诗意悠远的眷恋与爱　隐含

藐视一切卑劣的庄严与尊贵

怡然抵达人性最柔软最易感的

脉气；为失去的旧文明旧文化之美

人世生活永恒赓续深情的挽歌

旋转着　宇宙　飞速　悠然……
宇宙巡礼　漫游不息……

写于 1978 年
2019 年稍有改动

狼群出没的地方

狼群出没的地方

风越发凄厉

呼啸着　疯摇

参天森林　也不知这样猛烈撞击

痛还不痛　声响干涩

这些伟岸的树　没有泪

林中的湖已冰封

走进这些千年老树

满天星星飞扑下来

鹧鸪疾溅起琴键

旋转着在四方熄灭了

我聆听一片忧郁的沉寂

看远方烟云轻霭　血液里那份

粗朴土地的乡情

狼命吞噬蛮荒

1978 年

寂静何其深沉

昨夜

寂静何其深沉
声息何其奇异
宇宙一样永恒

参预了鬼神的秘密

那只南来的黑燕
在我耳边低声絮语
诉说上帝安顿我灵魂的
一番苦心

1981 年

在幽深的峡谷

那个幽谷有魂,常敲击我的心扉。

耸立两岸苍崖秀木,鱼儿穿梭幽冷静深浅蓝深黛。

听天声流韵响彻岩壑,我疑心闯入了仙林。

倏而仙林化为魔境,上下四方追光蹑影波荡云摇,风神飒飒飘过。

在那美丽莫测的河岸,一间茅屋一带胡桃老树。绿色华盖浓荫匝地,绿荫头上罩着白云,树梢掩映着茅檐和低低的窗扉。

绿叶碧水围荡的小船,童话的梦中的摇篮!

从那儿走出一个少年。

衣衫褴褛,光着双足,诚实的眼睛黯淡忧郁。

少年坐下在裸露的树根,低头对流水出神,仿佛会永远这样静定谛听,那样沉静那样孤单,就像这幽深的峡谷,像屋顶空寂无奈的烟囱。

从这不舍昼夜的水声,莫非他听出了宇宙的秘密?林声传出古老的生命的呼唤?莫非,他倾听造化的精灵,期待一个永恒的回音?

1982 年

过司马迁墓

起风了　司马迁手中
擎着一盏灯
穿着麻布衣袍

凌乱的胡须暗淡的发里
凝聚两道电流
穿透悲欢荣辱
超越赞颂

他告诉我

住在这黄土岗上挺好
亲切浑厚像一位老农
我仔细听
这高高的黄土岗上

星子们就在耳旁

飘飘摇摇在蓝色气层
一面穿梭一面谈今说古

南来北往群鸟

山崖上筑窝

飞绕陵墓古树

翠柏枝头山雀吟唱

一道闪电

曳着低沉的雷声

我看见司马迁宽的额厚的胸

黄河和大野的气息从那儿穿过

1987 年

炳灵寺

大屏障
切入云层

太阳琴沦涟潺湲
太阳鼓激扬七色光焰
　　马群
踩着大气跃升

而土地脉络里
沉淀成巨大静寂
为什么　你总把头
藏进那些繁华梦
残片坠落时
竖琴簌簌
　　撕碎
　　　牧人乡愁

风
无尽孤独

一匹狮王　　他来自
风的源头雪的故乡
　　　　云块密草丛生
　　　　地灵设下祭坛
　　　　集结军阵是乌孙王

大屏障崛立
洪荒日子擎电滚雷腾起的
　　　　纪念碑
以灵魂威仪凝定缄默
迫狮王掉向
激情意志压抑太久
疯狂奔突疯狂爆炸
百折千转一路喷发诅咒

可这儿你脚前
碧绿层层波着荡着涌着
日神以金针往复穿梭
大峡谷两岸
涌出远古的铜的音色

仿佛流光停在宁静的虚空

诸神的杯盏
已斟满
幽光斜落　云
正横过初上的月
星群绕峰巅飞旋

一把火握在手　我
用力扔向河面
水流滚滚依旧
依旧酝酿新的
沉沦漩涡　涛声
隐着冥王的符箓
诡谲的疆域阴暗的山河！

就在这一刻
落日余晖熄灭之前
　　我听见你
说一些难忘的事

一面细数你

典当自己残片的心思

噢　炳灵寺！炳灵寺！

1991 年冬

腾格里短歌

起伏的

大漠腾格里

热浪翻滚游动

亿万双手五指指向前方

蜂涌着冲开气流

仿若无边森林

横空一齐指向西极

浩瀚流程

奏鸣亮色哨音

像箭镞穿透我们

心房封藏的愧悔

无论是得意还是

黑魆魆的委屈怨恨

耀眼的

大漠腾格里

白热的光之海日午摇摆

摇摆着铃铛紫铜色清响

半夜里月光汹涌起来

深红的玫瑰

狂热绽放
整个风库沙原
窃议一场哗变
于是岁月沧桑开始模糊
今生前世都被勾销焚尽
不由人　便向往葬身这
远达天边的合声流韵

1991 年

在大漠行进

但我开始向星云的清澈祷告
我一定要祈求滚烫的太阳

并非是倦意
我走在年代的废墟
因其古远
大漠金色凝重沉着
笼一层忧郁辽远无际
我无法明说的神秘
也沉甸甸
堵塞旅人呼吸

行进在大漠
我大口大口
咀嚼太阳味道
品尝　浸入血脉
酒神狂欢颂歌飞扬
从马拉松平原到萨拉密波涛
希腊男儿诀别大地的誓语
至今回荡萨摩比利山道

后世人心肃然战栗

奴隶枷锁声搅乱

西赛罗词句的火花

沙漠之风吹送王国逸闻

吹送沉香玫瑰

橄榄林摇曳着蓝色海波

蓝波推进华贵的商队

目标向东

朝天地尽头航行

我大口大口品尝

太阳味道

转身

天际碧空冰峰闪耀

一环一环神光荡漾

耳听得佛祖　安拉

正在布道

一片莲开无涯

莲香缥缈

水源不见商旅无影

瀚海

抖动一片辉煌

抖动辉煌的

悲怆

在大漠行进

什么奇异的节奏

细密如同飞霰

如同黯红火星

旋转飞溅

在干热的气流

波斯语　土耳其语　拉丁语

藏语　突厥语　蒙古语……

四面八方夺路

争相同我问答

旱风并给以相助

行进在瀚海

常是

无所谓孤独不孤独

大漠含敛它古金色的光辉

旷远　持重

抖动这样辉煌的

悲怆

你会萌生寻找世纪

遗失了什么

1991 年

月亮从大漠滚上来

大漠的精气神

那些个金环银环

在高处射出冷光

弯道尽头

马贩子绸缎商越走越小

空荡荡戈壁上骷髅飘飘忽忽

新月形沙丘链和

沙丘背阴之侧居住着

猫头鹰、刺猬、蝙蝠、蜥蜴

这是它们的老宅　打从

狼烟消散就选中这厢的

我早知道　它们

心怀某种憧憬

和一些奇想　不避讳

庞大的兽类

天上湛蓝湛蓝的深海里

一个个

又圆又满的

月亮们对谁

也没有敬意

什么苦难也不眷顾

日头一落就出发

在大漠上空滚动

轰隆轰隆的巨响

1991 年

山风呼啸
——抗击日军兽行的山里人

嘘声沙哑
穿透前生现世的边缘
在阴阳界限升沉周旋
以毒火燎烧着的胸体挺进
以血染的荆条装饰
黑眸子缀有
"三八"式① 旧弹壳

刀丛火刑
灯焰熄灭刹那
火花飞迸炽烈辉煌
烈马临终
腾空嘶鸣黑鬃飘扬
直把　慨叹赞诵
赠给勇士遗骸一旁
声声啼归的催归鸟儿
热血抛向隐喻和谜

沙哑的无边的松林你
赠给这山岳高傲倔强的

赠给山里人厚实无辜　拼死想要的
就是这
阵阵松风这呜咽着
摇曳人心的嘘声?

招展黑色云旗在光中行驶
在心上流连
山风呜咽　嘘声旷远
嘘声旷远
触动我的记忆
撞击我的经络脉动
思绪
似刺刀尖儿般
松针一样
纷繁错综

1992 年孟春于太行沙窑乡

① "三八" 式: 日军枪械。

不可企及
峰巅与峰巅的一线
夕阳斜射下
纤细光缕
阴影与亮光交错抖晃成
一片耳语梦幻

一带橡树黑栗向着虚空眺望
野风野藤摆动惆怅
回春的寒气送出　春咕咕先声
细雨和风　冰裂响动
春咕咕最初的啼鸣
心头一惊一阵激冷
某种预感
某种锥心的事

硕大轮子如木制标本
那座水磨早已静止
山水
空流

去告诉山的儿女
我们
浴血
这一带山上
你听那战马烽烟回声

还在吼
交出的是什么——
人心　人头！
什么样的砝码
能以相称？
也罢
亿万个头
低下来吧！
又要布满山野绿意
穿透冷雾杜鹃一声声
洒向黄连翘雪梨花映照
掩埋白骨的山坡

年年岁岁

山雾洋洋洒洒

大山的岁月

轰倒的

　　艰难的

生离的

　　死别的

被你

　悄悄带走

你把昨天

　　　带到

哪儿去了？

　　　　前天呢？

恸哭大笑

热血喷薄

的日子

　　　都到

哪儿去了？

1993 年

太行纪事

初生的电火曾

蓝光倏倏陡升疾降

劈云穿星勾勒出这些

狂飙激浪的姿影

反叛的喧哗的风暴

飒飒爽爽窜入云中

云雾万丈深壑里升腾

那淡青色安闲浮游

飘满山谷山腰

仿佛造化飘忽静谧的梦

遽然间大块昏暗威胁坍塌

在右侧我和天地之间

正面黑森森压过来一艘

整体石铸的鬼怪式旗舰！

壮硕的身躯铜壁铁墙

重重叠叠群立着耸在青空

吐云纳风抵御严酷的命运

我们一同

隐忍了那种失落　像

极地冰山包裹的一团血色炭火

不是我们不能担当

这个黄昏有多凄怆

白云

　　绕着拥在你四周飘扬

朦胧了记忆、旗帜

掩埋着歌声、鬼雄

没有碑

没有坟

　　一树梨花疯开

　　　一片白色摇摆

　　　　一阵大笑空中抛来

万物抖颤万山飞动

紫气蓝霭浮游洇开

无边日光的海铺展着

销蚀着万千闪光色彩

瞬间

野霭山岚开始聚拢
集结成队伍
哗哗淋下来
吓飞了雨燕

擦过大石壁
　　一阵倾斜
　　一阵琉璃质的笛音

沿着云　我
到处谛听我前世
的梦，无缘由地哭泣
千言万语你湿淋淋的

1995 年

待到星回于天……

待到星回于天　岁将零
原野沉睡中梦着雷霆的
回声呼啸着冲向太空
传遍大地海洋——万物永恒的家乡
星辰永在回旋冰冷无情的游戏
催促日月裁减生命昼夜不舍
于是大地把忧伤隐起
大地为什么不把创伤裸露？
为什么不去原野痛哭？

这会儿在这林木拱卫的石屋
屋外虚静漫空
黄昏时分听风雪叩门
怎地苍茫烽烟又起……
火光炮声我更换掉最后一颗乳齿
袖筒拖地戎装着身
开垦播种　纺纱织布
歇息在荆棘丛生的黄土
一面争论不休有关
剩余价值的种种可能

以及"国际纵队""马其诺"陷落
"保卫大武汉""保卫马德里"的歌
飞向无限

在无人涉足的荒野踩出路
自给自足仿佛古时农耕光景
仿佛急先锋的洋人今日流行
日后更有挑战极限之论述
仰仗大地　爱着每一天
从不理睬死亡
感受自己年轻的心有力地搏动
整个浸透我们的苦难与憧憬

把梦留在高原
却不知怎样命名
我的智障我的过失
常被不安惊醒
眼已枯干
心　止不住泪流
打时光烟雾深处

为何阴影与空寂无法抹去?

有谁撒了谎?

用铿锵的词句保证

堵住了路?

2006 年迎寒

烟花时节……

烟花时节一场雨刚收

穿树掠水倏倏地一双幻影

忽又折势侧飞凌空往复

玄奥莫测这一对精灵

来自众妙之门

出于圣灵一声叹息

经受过荆榛巉岩　不然

何以这般轻盈似梦非梦

千里万里寻觅昔日屋檐

双双俯冲下降

掠过隐秘抽芽青色的憧憬

满园丁香正随风摇晃

浓密的小花瓣上

无数碎钻纷纷坠落

曳出万千条银光

沐在婴儿色的光阴

淡紫色的波浪里

掠过时空　我的幽灵飞向

一处久远了的庭院
神意掩映的地方　也曾
丁香花枝轻拂着光波荡漾
轻烟清芬在管风琴悠扬里缥缈
四周七彩水晶窗簌簌轻爆　你看到
光线纷繁游弋箭矢交错
那是我在穿插交射的
七彩光线里飞

眼下一园银采映得
漫天雪青微微颤着　悄无声息
仿佛前世听过的鸽哨
余音停在虚空隐隐约约
又似遥远年份的梦乡陶醉
以纤细歌声温暖地缅怀
逝去的凄凉时光
思绪的紫雾渐渐洇开
记忆次第闪出

一会儿清晰一会儿模糊

闪回儿时的笑声——
仙女座众星飞翔起舞
灿亮的漩涡银光辐射
洒下时镶满在缀有
中国玫瑰的葱茏花冠　安详地
辉映宝石蓝辉
似梦境飘忽不定
你聆听到光波银亮的碰击
那是我在雪青的明媚里飞

2006 年露月

忧郁症

或许陶醉于晨光浇注
或许应和着秋风潇洒
会变换人字队形斜飞前进
高素质鸟类由星界
送来亮丽送来清芬
你听听上方　从天顶
光源发散　八方漫流

如鸟儿掠空　转瞬间
阴翳悬上眼睫凝成冷露
那高渺秘蔽之所传出
奇高音号角多么惊怖　一声声
传送着无奈传送着落寞
梦里清丽空明片刻　刹那
肃霜穿透　扯起了
巨幅黝暗帐幔　又预兆什么？

什么样的迷雾吹进
人的眼睛从幔帐背后　打定主意
污染大地魂魄　还算计

盗走我的梦

偷袭我的心灵　我的心是

拂晓初放的中国玫瑰

天心月牙儿靓雅璀璨

生于光的源头

成于清流中央

一心想吻一吻迷离神往的远方

你再回头望一眼世界屋脊

银铸的幽谷险峰

驿路星辰已摘去光晕

大投影忽去忽来

猜不透的恐怖的利爪

指尖儿钻心地痛

苦汁浸蚀心窝涌上咽喉

一年年隐忍着

喑哑了生命的哭泣

心中栖着的鸟儿向天张望

吹熄我灵魂的灯　难道是

神的旨意？

莫非上苍编了瞎话

谁撒了谎?

我的幽灵在预感中挣扎

她这是和自己搏斗

不幸的幽灵为什么要

有颗心呢!

2006 年霜序

月流有声

暂且活回自己　只光阴一寸　那时

松树后山崖下　有冬之魅正

谋算来年风雨　星子们却依旧

穿越虚空垂落下来　冬的安谧

悬在天体浑圆无垠

一朵白莲于天际悄然游移　不觉地

涌入听觉广大浓密的静默　在

耳边涨落　我听着

月亮在高空流转　听着万类

玄奥幽微不稍消歇　心

也随之去了远方　与一片流云

一同行进　虚静托起芬芳

竟是这般沉醉　于是才记起

我已把自己抛出太久

心室堆积的　是些飘零的黄叶

纷乱　枯干　而此刻我要

把这些芬芳这沉寂的深渊收集

永远留在心里　这是我

隐秘的奢望　再不要

再也不要和我的寂寞撕扯　让

梦的废墟琴弦摇曳穿梭

梦的荒原童音耸拔明澈——

云儿飘　星儿摇摇

海上起了风潮

爱唱歌的鸟　爱说话的人

都一齐睡着了

那婴儿睡中的笑幼鸽翻飞

那歌声清绝如洗

都一起回到梦里

2007 年 11 月

那些生命　那些水井

昨夜　有谁如我

到过一处秘境　领受一种
非人世的启迪
能唤出整队精灵　像风
牵着缕缕白云
穿越奔流的星星　从童话城堡
各式奇异屋顶掠过
还断续涌出歌声鸟鸣　甜蜜地
思念遥远的姓名和水井

绵延的悠长岁月的沧波
如诉衷曲在
幽暗微亮中起伏　忽然我
被一袭电流击倒　痛彻丛生
恐惧委屈淋漓浇注　终被
造就为异类偏执者
成了自己的地狱　日夜折磨
孤立无助中热望呼出魔咒
举我出去　如此的徽记　试问

还有什么　比这样一种生命徽记更
其难忍难容

2007 年 12 月

国旗为谁而降

5 月 12 日四川大地震,5 月 19 日 14 时 28 分,

全国为遇难同胞降半旗默哀。

此为 1949 年以来,国旗首次为民众而降。

我不会弹琴,孙女儿的

兰花指尖流泻清灵的泉水

也不能抚平我心的皱纹

那是我祖国用创伤不幸

腐蚀成的。忧愤不平

比地心更深,日久年深

淤血堵住了心口

意绪无路可走,今天

是谁,给装上了弦索

悄然发出均衡熨帖的奏鸣

恍惚听见孙女儿指尖溢出

流水淙淙琤琤,仿佛若有所思

仿佛充满灵感

融化着的花瓣纷纷坠落

透过深藏的泪水,我看见

蓝的哀音紫的雾氛缭绕着

氤氲着整世纪的伤恸

我们的国旗

缓缓下降

2008 年 5 月 23 日改定

北京阜外心脑血管医院病房

旧马车

乡村大路上滚动向前
我那两轮旧马车
颠簸着我沉沉的意绪
赶着寂寞路途
无论世事把我抛向何方

我总思量回去那一方，我要
亲手卸下马儿的皮革套索
拂去马儿前额红缨穗的灰尘

马儿一往直前，俊美的头颅高昂
它英气飒爽戎装少年模样
红缨穗子在额头飞扬飘荡

唱着，和着颈项一圈铜铃叮当

把我带到异乡；可我依然
想回到你带我出发的地方，那儿
有我的童年，庄稼汉的叹息
狗守着院门，老人眼里泪汪汪

我的马儿我也曾骑上它
抚摸它浓密光亮的鬃发
它会弯过头来给我的脚踝
长长的吻，一个亲人的回答
我要回到我的马儿身旁
揽住你忠厚漂亮的头，用我的颊
贴着你脸庞，让我们重温
我们苦寒温馨的闲暇时光

2009 年 9 月 16 日

午夜闲步乔松林

聆听不远处流水清透

听风瑟瑟

听星星疾驰飞翔

听云才从时间飘出

又流进年光

满林松针密密层层

飘然出云轻移舞步

哪一尊神？

看她行过猎户人家屋顶

往松林头顶戴上一圈

银蓝色光环

鸟儿和人都已入梦

月神以清辉给大地爱的亲吻

像有什么心动神摇的事临近

许是神秘的森林之神的

心灵消息，神爱我们

好运驾到,于人这样一个夜
唯美,独处,哭泣
美,总叫人愁;风吹去的方向
白云、花香飘拂的远方,那儿
绿荫、野花簇拥,连年灾患过后
沉潜着古旧金属般遥远时光
那燕巢、檐影藏着我初始的梦

立在驿站桥上我回头一望

热泪如雨

家燕、家鸽、马匹、护家的狗
唉! 也都见老了
一齐转过头朝更老迈的我呆望
老屋老院、老树老墙、大小
门窗、石阶陶瓮、马厩磨坊
处处相照相映,暗香依旧
仿若整卷册牧歌
窖藏陈年老酒

全套祖传名贵书画

内敛,自尊,默默看着世道

2009 年

记忆

最后的雁阵终将随风而去

最后的夏天也渐行渐远

最后的夏云漂泊流浪

谁知流浪何方？

最后的雁声摇曳未停

世上前尘迷茫

鸟儿也有途穷恸哭之困么？

正暗自思量，另有肝肠寸断之殇

我不安的心，神秘音信摇荡

我细听梦碎，亲历故园倾圮

哭得像个孩子

家园已被荒凉阴影席卷

只有永恒的夜唤醒往日的梦

思慕、祈愿延伸为爱的咏叹

解读人形形色色畸形陶醉

见识了十八级雾霾淘洗人心

可怜人们只好用段子慰藉

苦闷、创痛、忿懑、无望

无奈、迟钝，更有炫目的

媒体哺育的多数……
是不是再见不到
森林与神絮语
矢车菊花美得不可思议的蓝
风吹草丛悦耳低吟灵异幽深
月色中紫苜蓿倾诉，悄声细语
予人惝恍迷离

风之琴，水之韵
轮番宣叙、咏叹、变调
众神原初的馈赠还在不在？
仿佛听见雁啼血嘹呖
呼喊记忆的深渊；若没有了雁
没有步态闲雅、风姿贵气的鸟们
天鹅仙鹤声影，岂有万类栖息的
魅力与诗意！
我为每一个灵魂祈祷，心存感恩
这多梦时节，孤寂长夜
听漆黑旷野孤雁零落

难以为歌，调苦离声
声声总关情

2013 年立冬

叹年华

花楸、忍冬细碎的金银色小花
路人不屑,只陶醉风中飘落的
玫瑰;小花守护山野墓地
以深度、持久风雨中送走年华
山坡弯路旁,草丛中山花数株
原先争相放蕊,鲜亮光彩
仿若教堂辉映圣像的玻璃彩绘
昨日的桃红、宝石蓝退去
今日的暗褐、灰白登场
过往娇艳的花冠无力垂吊着
疲倦无助,哀婉内敛;却原来
凋谢竟也如此华美、凄清
惹人眷恋,令人震撼
她那生、死竟也如此传奇
跟现时、现世无缘
与童话、神仙为伴
悄然摇落于一个霜风寒露夜晚

2013 年 11 月 7 日

墓园

霜雪鬓、发纷披两颊,活脱前朝遗族

繁密高耸,大片松柏森森,阴翳掩映

近边的磨坊、溪水;而我只想盗取你

苍青色梦的美丽,苍青的清晓,苍青的夜

声如涛,色似玉,君子心绪

枝叶郁郁葱葱,护佑着神鹰、喜鹊、乌鸦、百灵

画眉、夜莺、林鸽、云雀……昆虫无数;那个

养鸽者时或来此幽箫一曲唤归他的爱鸟

弯曲小径穿插来去,尽头树枝低垂

呵护安睡着的一个百日咳夭折的小生命

也有正当华年弃绝人寰

是非闲言果真索取人命不含糊,咽下

灿烂的,升华一朵蓝色睡莲迷离闪烁

苦命的花若存世,能否熄了怒火

好在丈夫、儿女为她坟茔种下三棵

梦幻百合,好与她清净姣好的灵魂

两相辉映,昔时那一缕幽灵

已然缥缈穿梭于尘世烟雨,时而由安寝

透出丝丝幽芬曳着梦的旖旎,百合盛放

丈夫、儿女会见到她回望的眼泪迷离

王朝兴衰　人命存亡　浮尘起落
毁于战乱匪患，残缺着散乱在野草花中
石人石兽布满苔藓；这儿长眠着大家族
领袖、家长，他们拥着奢华衣被
头垫玉枕，安寝在名贵棺椁、锦辉寝宫
坟头石碑以颂歌奏响他们的
姓名、学养以及方圆数十百里
他们的功德、义举，把乡俚乡梓留在了身后
家园颓废，香火寥落，天意却让
大地越发丰满、浓郁、蓬勃

这广大沉郁之境坟头多到数不过来
香火碎屑在世上烟尘里穿梭
飘落在永恒的寂寞
落日炙烤着亡灵的烦闷
十四岁被从了军伍，初上火线倒下
就再没起来，老寡妇过世后托梦
小小孤魂千里归来：哪座坟是我的？

我的魂归去何处？望穿每一寸黄土
莫名的恨向谁抛掷？一个电闪雷鸣的夜里
他向天喊出：天！你崩塌了吧！

柔情，忧郁，晚霞在天涯向八方铺展
日头芒线金光缕缕射进这古意深深的森林
鬼魅打听归路在阴间秘境
仙、灵、精、怪任意游荡出入
鬼灵慧黠，一面浅吟低唱
一面出入农舍、学堂、马厩、磨坊
并无恶意；猫头鹰可不然
星星月亮忙于泼洒银色时光
阴影也没闲着，到处绘制自己
鬼、怪、精、灵与人往来一同

日后谁若走进这乡间墓园
这浑身古旧名贵，十足的老遗族
在寅夜，在这梦幻里
盛放着雪梨花、李花的美丽
是什么妖声邪笑突起

冲破深夜死一般的沉寂？

是猫头鹰，猫头鹰嘲讽人受苦没有尽头

直通坟墓；倒也不失为生活添些麻辣辛味

可它哪会知晓农人有自己的保护神

良心辐射善的光芒，有伤感却相依隽永

向神许下美善的共鸣，收获到某些启示与觉醒

大朵大朵枝叶沉甸垂垂

狂风吹它不动，不屑表演表情

落英、蝴蝶共舞，飞过去飞过来，无虑也无忧

鸟队从月蓝色雾气平行穿过

像风吹送樯帆的平衡稳妥

朋友，祝愿你日后走到这乡间墓园

又恰逢春夜，万类萌生，月色空明

银色的夜　梨花的夜

灵异之夜　梦幻之夜

天琴之神纤指从琴弦滚抚……

2014 年写

2019 年改

怎样感恩天地四季

一　春讯　回声

孩子,鸟儿展现歌喉试新声
不同音调、音色、多声部、多层次
各声部错落跳出独显风采
时而又浑然一体轰鸣流动
心魂融化,不知所以
那边树梢窜出高音灵亮
这边草丛浑厚老成低声呼应
气质迥异而又妥帖、均衡

我们该去挖白头翁、紫地丁了
它们长在后山坡,那白头翁
酒红长裙罩一层浅色透纱
仙客来一族,波西米亚风
紫地丁灵俏矜持,紫色长袍飘飘
凌波仙子,东方闺秀。孩子
在这万类生命怀里,人的灵魂通透
发出奇丽的神光

只需清水、日光，在我们窗台和
书案，它们立于原白色陶缸
花与窗外明月两相迎映
孩子你看，它们又在做梦：
梦见黑豹驮着乌鸦走夜路？
山泉涌流古琴空灵清幽？
做涧边一朵花，听风听雨
听松涛、流水，一片辽阔海空

我们去听峡谷回声，忘情呼喊
喊声向前波动，与远方
瀑布声碰撞，并拢，再荡远去到
另一山谷又往返几回，才渐次
弱下去归于沉寂。孩子，这时
峡谷说着细雨般隐微不清的
语音，它向谁细数亿万年深埋的
异事奇闻？我们满心收藏起
峡谷这许多无法解释的大神奇

甲午（2014 年）春

二 樱桃树下

坐在你的茅庵前樱桃树阴
喝茶，说话，用你的粗厚土陶碗
曾祖母留下，画有喜鹊登梅
碗心一个福字。我们安心地
茫然看着地平远方，让光阴
慢悠悠流。你在园子巡走
我想着戴银项圈的少年闰土
也是月光四射，瓜田里他用钢叉
向猹猛刺的飒爽英姿
不久，蝈蝈、知了喝饱了露水
将起劲儿唱，赞颂天地四季
日神玩他的魔方把戏，看似
春回，天增岁月人增寿；实则
无情岁月增中减，秋声添得
人憔悴。孩子，该怎样珍惜
新年份，珍惜当下？怎样珍惜
似增实减的生命旅程？又该怎样

感恩意味无穷的天地四季呢?

甲午(2014 年)立夏

天真的　经验的

色彩的盛宴正被流光

一寸寸洗去，流年碎影

在冷雨西风里飘动

听那古寺钟声幽幽咽咽

为什么一声声长鸣不断？

绵长岁月低语：是谁背叛神意

冒犯神的秩序，把月桂树

连根拔除？灵性之光凋敝

人一路溃败，失落了心魂

迷迭香丛中，微光轻吟低唱

群蝶嬉舞，哪知这儿曾

铁血加醉梦的风暴尖声呼啸

刮去一茬茬鲜嫩幼苗——许会

成长一位眉目深秀的教书先生

许会是一位安心种田的人

一位挑战现状的思想家

为一个奇想涌出眼泪的天才

或是弹拨吉他的游吟诗人

眉宇间透着童蒙的虎虎生气
没有什么不可能的
为一句箴言，誓以头颅换取
战旗在火光之上飞扬
号角昂奋，梦想激荡
滚烫的鲜血浇入家国泥土
迷醉长睡在彤红的光晕……
待到它日魂归——
天塌地陷，罪人、冤魂遍地

更惊怪自己竟一身囚衣铁牢栖身
同伴成了冤鬼却不明因由
由红转黑，功臣而罪人
身份角色大转换竟是如此
荒诞！生命精神何为？
惊魂颤抖，无可挽回……
正十多春秋，蓓蕾年岁
为琴声狂喜，为流星雨着迷
为春水送走落花洒泪

怎样祭奠绷断的琴?

当红雨英飞,飞上诗魂

日日骇浪翻滚,荆棘刺锥

我司梦的心被击碎,用什么

医治滴血的神经? 大地的伤痛?

用什么疗救? 天心月圆之夜

我心灵的钟声响了,为蓓蕾无数

幼芽临终灿烂的一霎

为我无尽的悲凉与尴尬

2014 年立夏

听风听雨

今年秋天是屋檐上滴下来的
先是繁弦急管，紧张错杂
随后疏朗清晰，渐渐地去那
悠长巷子深处，一滴，一滴……
鹤鸣过了，剪秋罗也谢了
光阴跌宕，留下不知多少惋惜
谁又将铁马儿挂在檐头？
那清绝凄恻还有谁懂！

丁零丁零，曳着远处哭灵声
无论颠沛何方，今夜，银丝飘拂
生命之问你有没有？
柳梢敲击着窗棂，敲击着伤口
沁血的神经拿什么疗救？
玫瑰枯萎，琴已破碎
你有没有校正生命之轨？

原野上风浪卷起雨帘翻滚
云摇水摇，树摇花摇，草也摇
风神猛撞风铃，虫声儿驾着风颤悠

这样多精灵飞来梦边摇曳流韵
你道是哪一声、哪一韵最伤人？
铁血加玫瑰洗礼过的灵魂
爱与痛的迷惘，哪里去找
哪里去采疗伤的忘忧草？

落日残红，阵阵落叶纷纷
飘向水中映着的自己下坠
更何况昨夜风尘昨夜梦
今秋又听一夜雨
灵魂的泪水往深渊流
铁血玫瑰之梦变形失衡你知道你是谁？
这异样的荒诞如何应对？

甲午（2014 年）秋分

携带森林的喧响

一环一环掀波涌浪

大铜钟响了，为谁而鸣？

谁摇醒了百年远梦？

轰鸣的余波一环一环延展

时而悠远，时而雄辩

密藏几世秘事

触痛了爱与美的创伤

仿佛跟随先人重回故里

那架古老水车还在转

井水撞激出清亮好听的音响

立时泪水模糊了眼睛

一种锥心的思念

流年无始也无终

老式壁钟依旧滴答不停

回声连绵成一曲蓝调唤起

这忧患之思以及

爱与美的祭奠缘由：

星云旋涡流转不息

星星闪闪点点
星空永恒
受难亡灵之灯千秋
落坠地悄然无声

2014 年

猎户星芒线为谁穿透云层

猎户星芒线为谁穿透云层

在夜空划出美的弧线

通往大地的心

探究生命细密沟壑

机巧阴暗，洞府幽深

英雄气质不朽的寂寞

爱与美的厄运

梦的埋葬，人性颠簸

统统掩映在时钟滴答中

今夜，猎户星射出一束束光

自无限遥远，摇曳斜射下来

好似绽放生命的雪冠银杉

随风烁亮，银光闪闪

与树冠一起摇风我的心

跟白鸽翻飞回旋

与孤寂的风雪行人同在

猎户星光波摇荡

仿佛梦的觉醒

浸透了蜡梅、兰的幽馨

细腻敏感,清芬袭人

仿佛对过往自己的反叛
仿佛灵性生长的呼喊
爱的触须伸向生命脉气
为之惊颤,为之着迷
为之悲凉,为之冥想
趁年华
尚未被脚下世态耗尽
尚未随季风飘落天涯

2015 年

伤有多重痛有多深

全能的神

你要召回灵魂

也该放他们一回

逢七清晨

幽深的森林那儿

有隐秘心曲神光也难照透

有游魂寻觅

恍惚着游移在密林

东望,望不到家园

西看,看不见亲人

正是那白发上黑色贝雷帽依旧

浅色大衣风中翻卷

一手把握剑阁藤手杖

另一手紧攥 S 形烟斗告诉我:

西岸九个月亮蓝色光束游弋

星辉波光,歌诗流亮

我跟他去看云上一簇山峰

月光蓝薄雾缓缓缭绕,梦里见过

一组少女笼着轻纱,梦幻,忧郁

神的灵韵为你这般挥洒

魂与灵归来映在影壁门窗

闪烁不安,潜隐着深远的记忆

杨花柳絮轻歌婆娑纷纷化作

半夏、鸢尾宝石蓝花瓣

漫天飞舞,悠然自在,不谙

天人永隔人心伤有多重,痛有多深

不谙世上人心栖止难觅

更有心意被偷换为相克相背

冲出自己心的壁垒何等不易,直须

穿越可怕的伟人可怕的血色的世纪

2010 年 4 月

张仃先生逝世七十天

在月桂树花环中

你的生日我要栽些松柏

高耸入云,与一抹朝辉

辉映你超迈的风神

再植一丛蜡梅

姿影文雅,香芬清贵

与你的陵碑为邻

宿命将你献予全程岁月

而今听着鸟鹊闲话

听着柳莺唱歌

在月桂树花环中

你辉映钻石的光束

今年相思鸟初次北飞

头一声春礼一霎明艳

落寞的心惊悚了

想那些氤氲升华的日子

都入梦来,这葱茏的春夜

你读懂了月光摇曳,体悟了

笔墨宣纸相触的生命奥秘

我不能忘你深埋记忆

默然沉静的那双眼睛

命运的强大挑战严酷磨难
以人之向美、脆弱竟能挺住!
轻轻掀动一缕游云
把心赋予令人不安的墨韵

2010 年 5 月

写于张仃先生逝世百日祭

向神靠拢
——张仃先生百日祭

升向星空路上

你显灵高山顶

夕阳朦胧着红晕

你以一团雾

包裹着我，一双闪翅的

蝴蝶在你的眼轻轻耀动

你拿酒的醇香敷在我心上

月桂树、菩提树就

在我们心间徐徐增长

我们的心依稀向神靠拢

又为温柔的风吹拂

我便跟随你去那浩渺处

但来年你会不会

到这梧桐树下

白杨用银色闪光反复扫着纤云

你听，就像拂着天国祈祷那

忧郁渺茫奈何鸟儿、夜莺歌声

那石壁映着水车转呀转的

我化作美丽柔和的晨曦
笼住你,把光延展开去
你向我走近,一如过往
用你的额抵住我的

青春的花开花落再拾不起
一年年怀着梦的故事也随风飘散
情态言谈沉默叹息间隐约可见
更早先的余韵,枉负了伟人坚硬的心
世纪的梦怎样地把人心烧成灰
在光阴潺潺流逝中
听见疾风暴雨敲击土地的铁蹄声
听见过往云烟,听见世纪的惆怅不安
往后再没有钻出荆棘应春花开的好梦消息
而月桂、菩提青葱无际守望在天边
依稀我们灵魂的伊甸

2010 年
写于张仃先生百日祭

柔光花影
——2011 年清明扫墓归来写

柔光花影中享着慢时光
一杯龙井味不在茶水，味在
幽溪山林通达生命深秘的园心
待到日头回家收拾线缕
由尘世背面赶来，那亡灵在
月桂花环中辉映净水钻光束

天体广大无边缓缓旋转
树冠勾画出天际线委婉悠扬
星星疾速飘忽，月神清寂自在
它们向人间泼溅银色时光
还密议世上的事，为亡灵的慰藉
托付给清风细雨、鸣虫流莺

用天琴灵韵吻亡灵的心
用清凉泪水浇醒记忆
军号声！多么凄厉！
随后便停悬在半空
我听着树叶，听着寂静深处

听着生命延续的幽微动静

写于张仃先生逝世一周年

2014 年冬删改

重归旧檐下（二首）

2009年张圷先生病危抢救，2010年2月逝世。
2009年10月至2014年我抑郁症复发，时时想着
自己已离世远去，偶归所见所思。

一

风吹霜打我那老旧屋檐
这春花飘舞的农历三月
有燕依旧归来
在檐影幽暗里穿梭
辛勤鸣叫呼唤人归
一阵黄昏雨鸢尾的紫色花

从石缝也应时吐露芬芳
满庭芳菲春意终将落幕
这故园前世的回声哪里藏匿？
旧日朋友喧笑何处找寻？
是不是随落英一片片寂寞地
游移在门槛窗扉？

不期然自那棵青桐树叶丛
一串笛声清澈剔透，又重归
寂灭虚静，只听光阴倏倏
谁在操控尘世欲望竞相冲天

树丛余光里悄声细语那桩
要想遗忘却不容易的事

苦味蚀心担惊忍痛
以原本脆弱的人之心负重担当
匍匐姿势保持呼吸，内里
酝酿尊严之光泣鬼神的力量
变灵魂深不可测的煎熬为
思索的、寻找的、超越的

我渴望知道天岸后面有些什么
无奈时辰已到，神心中有数
草、花、树、鸟姿影轻颤
一枝一叶难过莫名，似梦游我
怅然转身，又频频回首
一种巨大的失落……

2012 年 4 月写
2014 年冬删改

二

采摘蓝色应春^①　去哪座斜坡
何处领略蓊翳阴凉
我们曾一同坐在花畦石阶
傍着摇曳微风的丁香梧桐
让心绪在阴翳里漫游
读书、喝茶、说话露台铁栏花影下
不觉间一抹流霞飞来额上
月色泼满湖面、蔷薇花丛，布谷声声入梦
梦着对天地人诗意悠悠的眷念与爱

静谧、柔美的下午，我们常忘却时光
环绕铸铁篱栅蓝色的风极致缠绵
异样芬馨玄昧渺然，许是神亲吻过
玫红透着淡紫，庄重经典的秘色灵芬
让心歇息在静谧、流云、鸟鸣、山林、
流泉、芳草、湖畔和盛开紫色的鸢尾花丛
为大智大慧神思奇魅沉醉
更何况安详、冥想渗透身心也渗透光阴

最是愿望不过　人世忘了我

跨过泉水青草,头上枝叶喧响的树丛
步伐利索,含着冒烟的大烟斗
发、髭雪亮,环身月晕辉光 ②
潜质灵命,钟声忧伤萦绕不肯离去
属灵性命遭逢蛇蝎撕咬地狱锻铸
依缘美善人性、血肉之躯竟能相挺
血脉里涌动着葡萄美酒和太阳光流
这灵魂梵境满载往事与伤怀
思疑者、不目者,梦游者、异端者、爱思者才懂

2019 年 11 月

① 花名:迎春花。
② 辉光:低气压气体中呈现的瑰丽的放电现象。

童话 大鸟窝
——张仃先生逝世五周年

我知道你高且宽的额寻思些什么
逢人夸你,你腼腆一丝笑
泄了隐在胸臆儿童的害羞
你一脸难为情,倒仿若亏欠他什么
神的启示神的旨意
于你肺腑隐埋歉疚禀赋
天意深植你一副恻隐敏感之灵性
神把自己性灵附身与你
赐你这等幽玄秘事,人不可会意
哎,善美尊贵早已皆属负面革除之类

月桂树橄榄树菩提树被砍以前
我们满心一弯新月伴着
满天大星星纵横穿梭回环旋转
风、水之琴反复奏鸣,如诗如梦
如今神已离去,可怜人世无数生命
为偶像而死价值何有
神赋予你这秘事天意
今夕又容身何处?
这黯夜到哪里去栖息?

暮春月夜,山坡树树杏花漫飞飘洒

落地悄无声息,不由人

一时无语,黯然屏气

一路上似醒犹梦,幽渺恍惚

月色、飞花回旋扑朔

春气、落英、四周一切

都小心翼翼暗示这一夜

不就是那岁时径自流转着

千载的孤寂与索寞?!

唯有鲁迅你一生心仪

以一辈子心血思索求解这位

大思想者、大爱的巨人

钟情钟美人性价值的呼号者

没有谁能测出鲁迅在你心里

有多重,有多深

你以艰涩笔墨提纯你苦辣深挚的心事

沉郁顿挫,书写你的孤独寂寞

我们品味古今那些绕着衷曲的心

静听心的吟咏心的哽咽、控诉

我们灵魂的敬意、灵魂的叹息
永远向着：
敢大声号哭的人
勇于质疑、勇于呼救的人
突破意念重围自救的人
以沉思的最亮音释梦解梦的人
怒指俘获灵魂为业者，无奈而
纺织微词妙语予以笑刺的慧心者
持守仪态文雅、情致卓越的人

这儿是家
是安顿心的角落
这里心的纹路只指证
人性智慧的美与灯

2014 年冬定稿

请把你写进

山那边传来芦笛声冉冉悠悠

风却卷着日子旋转到哪儿去呢

日头正在平静地往下沉

树林轻轻洒下金屑金辉

远处山脚走过来一位头戴

野鸢尾、风铃草、飞燕草蓝色花冠

天使,丽人? 为我们带来什么消息?

她身材高挑,长裙涨满了风

一双秀足轻撩着青草野花

踩着芦笛节奏一路走来

远处溪边牛羊迈着散闲优雅的步子

白云不断飘逝,苍穹浩渺,虚幻幽玄

而延伸远去茂密的林冠上

熊熊燃烧着桃色云霞

整体呈现辉煌庄严的旧梦

森林侧面藤蔓花枝萦绕穿插

强大气场透着历史的玄奥

山野风向四方飘扬神喻

听芦笛音波延长爱与殇的灵异真纯

沐在神光里万类都在忙于各自事宜

2018 年梅月

童年的梦是钻石做的

傍晚山中亮色短暂，含情脉脉

人心也念起无常之曲

薄暮落下无声无息，云流着

处处一层薄纱轻笼

群鸦也飘然飞来

落在树顶收翅入梦了

一串遥远琴键跳浪溅波

一弯月牙儿娇媚爱意缭绕，光环花枝摇曳多姿

惹动盛开紫花的丁香树婆娑呼应

坐在河谷如临天堂，放眼望去

远处峰峦雾霭云烟环绕，若有神在

山风由远处不断吹来，轻摇着它的温存

撒起欢来，满山满谷青草野花随风翻涌

升起来，降下去，一个个风浪草中滚动

韵律之美在我心上连续

山风也掀起我的翅膀

溪水流花行在我心上

这蓝色的夜，明月入怀

至美至善的神,我有断肠的委屈与羞耻

人们一意羞辱我不谙世故的心

终被造就为异类,成为自己的地狱

被反复锻铸为陀螺一枚加速旋转

不谙世故的我,伶仃生命只盼一些安宁

艰辛无望,跋涉途上布满忧患挣扎

也曾以超凡耐力抵抗,且交锋且思量,悄悄

积累日常的、庄严的真挚,宁静,诗意,隽永

以对抗不可一世的市侩、江湖

我闻见往昔暗香芬芳,挽歌四面响着

天意以美引领我向神靠拢

神给我以人性心向,从而看取

生命的耻辱与困境,我以灵魂回报神

灵魂叹息时,灵魂呜咽时,我

像个孩子,由着天意使然——

灵魂的诗意闪烁,逢见生命光波荡漾

遇见由林涛海浪里飞升的自己

融于神的梵境,神秘空灵

月光也慢慢斜了

流萤洒下些睡意

一个幽灵以一枝秋水仙

将我的眼影染作星辰蓝

只是

谁能筑起一座灵魂修为的圣殿

谁又能为我的心种下菩提、月桂、香柏树

不是至美至善的神又能是谁呢

听,你听

众神已经举起了酒杯

2018 年 11 月

愿命运依然见证

远去了的光阴

尝花吟草,静坐闲话

今始方知须品须读

凄迷往昔,也曾测度天意

待到落花旋飞,冷香徘徊

仿佛北国凄风

在残垣陈迹间叹息

落花风吹拂的幽馨

被不可猜解的潜流

卷走着,一面承接经年风霜

如老酒、沉香,余味醇厚

活得荒谬、错愕

爱得神明君临、灵觉昵近

低沉如地之琴缭绕回旋

梦里遇见神深邃亲切的目光

神走了,不再垂顾罪衍地方

拂晓我到园子为神栽了玫瑰、灵香草

由树木草色、天象季候思忖天地神灵

我们的寅夜冗长,发自黑的根

仰望寥落远星,埋怨起天意

在这白的琼花、李花纷纷扬扬的三月

天上灯火窃窃细语我的花冠

星月天光辉映,心

随着悠悠响起的钟声

梦眼惺忪,气度逾王侯

神一样,从冰蓝的光气穿越

沉浸在迷迭香灵芬的神秘清馨

听自己良心以沉默言说

2018 年圣诞夜

绿天堂

还以为

重又传来泉水响动、水车声

燕子也回到我们檐影

佛见笑就会发芽

这会儿可倒好，又当何处去

种植菩提、月桂、香柏树

我们向往的梦被埋葬之后？

别再哭，谁说爱与痛能分手

来吧，带我去有丁香、玫瑰

梧桐、山毛榉幽深浓荫絮语窸窣

松涛柏浪起伏里鸟鸣闪烁

涌泉河流依山势荡波

日夜重复着农人、土地沧桑哀歌

银色迷离夜，梦之夜

流萤集结忙活，小蓝星星

小小精灵们反复拂过我眼影

我呢，坐在月神梦里飘过来荡过去

我最初的梦，我依然爱

我的星辰,照临我第一束光
唤醒我的牵挂,我的眷恋
我的爱与痛,我的怕与惊……

2018 年

丁香丛里的疯人

初夏一丝儿清和

大榉树下独坐，暮色渐浓

幽细纤弱孤伶一声虫鸣

人的意绪也如烟似雾

像思念一位亲人，我思念一方水与土

那儿森林、山川、湖河、云烟

在蓝色月光里闪烁

轻唱着无数歌谣，藏匿有

成千百的人、鬼、神之纠葛

而当山洪咆哮，吞吐天、地、人

悉数忧戚痛苦，星辰之乡彩云潆洄

想着出发去消散爱的疼痛之旅

柠檬花开溢香幽谷

白桦林、白杨林低微响声中

这一年清和季降落这里

整座整座山峦繁密高耸着老松林、橡树

处处林梢蓝色烟霭缓慢旋绕

一似灵异，又如幻影，那密林幽境

什么鸟儿低沉轻柔而醉人的歌

总是带有山林之神的忧伤，听着
叫人一吐心中愁绪，又似岁月深处
回忆思念的缱绻柔情，今夕
劳累困顿的心安歇在白杨梢头鸟窝
橡树枝叶间栖居着一双白鸽

没有人知道，这些时候
我心底里美善的谦敬低低沉吟
不由低下头，心中不朽的灵魂
有些迷醉，有些念想
有些神往……

2018 年

听

听！听！

蓝鸟儿在云中唱

自天涯太阳一跃，开始升腾跋涉

阳光缕缕透过橡树、白桦稠密枝叶

穿过湖蓝色薄雾

扇形张开铺满林间

烟雾渺茫恍若梦境

神怪妖魅随意出没

上帝之鸟，圣婴的精灵

还有什么能如你明媚、尊贵？

你那眼波盛满梦与爱的风霜

悠扬的中音温柔、醇厚

流转行进真挚、沉稳

舒缓流泻着

寓意我已身临神的圣殿

神意的光宁静如梦

我心愚钝，也为之沉醉

于天地万类不可思议

深怀敬畏，尤更忧戚

孤独的鸟儿,孤独的呼喊

意蕴悠远一如抒情诗

叠句的光泽感、仪式美

以其生命深情、美与爱的魅力

震荡在天空,在这宏伟的森林

唤醒万千生命,唤醒幽灵花、天堂花

纷纷睁开双眼,和小天使们玩耍游戏

一串串银色水晶花

直冲天庭

2019 年 2 月 16 日

九十二

一

鸟儿优选栖息之所
天鹅、鹤、鹭结队飞临
贵族身份才被确认,这儿水草野花
山水黄土依循隽永情思生息
蓝色炊烟为屋顶、晴空平添渺茫之美
夜气清明,繁星为她披上一袭
银灰晚妆
月色里野鸢尾、矢车菊梦境缤纷
水中顺风起舞可是柽柳?

二

为山顶带上雾的花冠又是谁呢?
闪亮的夏日,天空飘着雨丝
钟声在大气中缭绕,时光慢板庄严
神意,内敛,冥想,静谧
自然之神的杰作,我成长的林苑失落
优雅贵气先就随天鹅与鹤离去

也没有人再见过闲雅孤傲踱步的鹤
并非嫌她遭逢祸殃困顿,是
厌弃她被堕落沉沦

三

这儿新的主人摒弃锈色、老、旧,慕仰时新
唯烤漆、镀金为上
与江湖术士、艳星、发福的兽角
眉来眼去,衣裙猝然放大落地
喜爱以开心的花朵点缀生活,满手时间
以社论、股市行情糟践清晨美好时辰
由一席盛筵赶往另一场灰草盛宴
无忧也无虑,拒绝困惑与质疑
刷新的数字令其着迷沉醉
崭新连体别墅咯噔一声矗起

四

那个午夜,谁往她脸庞黥面刺青?

樱园斧声丁丁彻夜未停，什么人冬夜里
把梅林花枝统统丢进污水？
千年古树龙钟老林连根拔除
受尽惊吓我的心，在阴鸷咆哮声下哆嗦
灵魂始终庄重，殊异，独处
我可怜的梦与怕铸就了一首序曲
透着生命的线索和信息，不可仿，也无法
相分共享；潜匿在我灵性的隐秘回廊

五

我已不再漂泊于露水
天岸边缘一朵云艳红艳红
像一个玩笑，而我是一只梦幻彩蝶
奋力扑去一辆满载鲜花的车……
懵懂无邪已燃作灰烬
岁月交响曲也消失于莽原
依稀梦里世事无忧，生命、爱又何其快
转眼白头，天尽头一片云，淡紫色

梦？……哪儿见过？……

2019 年 2 月 19 日

己亥正月十五灯节

浇祭

一

天使的回声飘忽往还
令人深陷失却家园的沉潜
天使的翅膀呢，歇息在神义里
或许着意偏爱风涛起伏
鸟鸣闪烁的古意回音
历朝历代冥思深想智者的灵台
在往昔王公贵胄娉妃丽人
狩猎踏青尝花宴饮
而今这绵延广大的古松柏林

二

阴沉桀骜，悲凉怒目，纽结着
重重伤痛，咆哮着狮王的震怒
灵与魂巨大磨砺的姿态神情
这会儿浓荫轻摇下
紫色阴影里，天使张开翅膀
穿过我，去迎向在天空千回百转

舞出流畅柔韧的曲线

那英迈出众的鸽子；迎向

斜风细雨振翅归来

三

绕梁啁啾的燕；人暗想

兴许就此飘向天边去了

然却不是，天使迎向人

而人的风景已然凋零

只剩梦影，竟被亲兵火器

碾轧粉碎，至今人地两寂寞

神爱人，将那个夜英魂升天

炳耀人间　镌刻世上

神差天使飞越万水千山，觅迹寻踪

四

让人重返家园，神爱人

遣送美善心灵予人间

将深邃的智慧

赋予高贵的灵魂

是让煎熬、呼救、哑口、哭泣

在大地上肆意流转的吗?

神性之光照临宇宙,人应当自问

人性灾难的轮轴,谁还在加紧转动?

人怎样面对神? 怎样回答自己?

2019 年春

怀乡病

花朝之晨樱树枝叶间重复着

一声接一声，无名鸟儿离别之音

飘零忧伤，渴求着什么

神的使者已然长眠，自由之魂

厄运岂能就范，漂泊流徙

面对现实现世，还在追问

万千奥义依旧难安；听！

秭归那不死之歌，凄恻啼归

在天空震慑狂吼，余音紧追缠绕

可谁还在流亡不归？听其言词铿锵

仍然为饱受折磨的现状独战

梦碎之人，莫把年华耗尽

生命密码已编织成斑斓悠长的日子

铭刻在心上，谱写在歌里；怀乡病患者

何须为局部哭，难道不是

人的一生都在催人泪下，吞声饮泣？

听那自由歌后百灵之春时隐时现

隔溪余韵悠扬飘忽

星星之火也在扩展光焰

2019 年 12 月 13 日

错步子

且去且回，且去且回
看着远去了，又转悠过来
一圈又一圈循环着，重复着，安然地
可笑？落伍？可怜？可悲？
这古旧水车木然、敦实的旋转之上
恰似一个嘲讽，轻巧透明
大群小小蓝色精灵伶俐纤巧
彻夜飞旋，与迷离夜色极致浑然

为谁旋作如此殊异的花冠？
何其轻盈何其飘然渺然
谁又能不为之神迷目眩？
此情此景，我多么想为你抛去
大把大把花瓣，如流星的雨瀑
可你缓慢旋转着，反反复复，哪天到站？
来吧，把亲人、朋友都找来
我想知道人们怎样度日酸辛

恐惧煎熬心底掩埋，被出自上天
垂下的浓烟漏斗吓傻吓疯

像暴风雨中的小鸟，躲在墙角窥探风向
尊严一次次崩塌，难不成人类自己
向着末日奔突？死的心，我都有；可总有人
顶风而行，清新着空气，令人生畏，惹人恨
淹没在唾沫星子、众人所指；梦再乱坠
我只看取一位小姑娘手持一支火柴燃着

2019 年

形态

思念长　人断肠
恍惚梦里不肯落地
下降,升起,反复地
等我去一同登高,青桐树下
期待银色火焰喷薄
胭脂花、剪秋罗已开满水岸
那儿宫殿崇丽巍峨,阔叶森林
自绘影像比本身更神秘更莫测
白云、月亮沉入水中宁定不动

墙面缀满秋叶,暮光又将它
染成古典色调,这让人有些那种
温雅的忧郁和感伤,窗外的
枫树叶簇深藏着一对白羽秀鸽
轮唱,重唱,那样柔曼,那样惆怅
站在窗前听银白杨、榉树絮语细声细气
听寅夜滴露;漫山树叶
仿佛通宵都在飘摇零落,大朵云滑过

蓝色月光里万物明灭闪烁

2019 年

那琐细无名的思念

是什么腾空飞翔，乡间大路上
皮革头箍镶嵌黄铜明扣
离弦的箭高昂着头冲开气流
她美颜额上鲜红缨穗起伏跳荡
飘扬招展颈项两侧，旗帜？火焰？
浓密，宽阔，舒长，飞扬激荡
雄性之美，英雄气概

思忆总牵惹暗殇，而我的怀想
次第展放花冠的一株玫瑰花树
更兼马儿一串儿铃铛绕颈
清音幽韵一路，一袭奇香氤氲升起
自云乡放射下来银色光线
亮了危崖险滩
还期许什么

或许隐秘天意，或许梦的应验
眼见伸开羽翼我的马儿它飞向
蜡梅、幽兰香氛，微醺的我听着
天堂之音，伤感的平静一缕光照临

饱经惊骇的心才得安歇，不意我的马儿
一跃冲向星云故乡，玫瑰色火焰凌空燃烧
逆风前行，携带觉醒激情

许久许久以前
我的那些琐细的无名的思念
是久远的，经年的……

2019 年

带着创伤心灵的芬芳

难得的日子,仿佛一只相思鸟儿
躲进荼蘼花 ① 丛幽寂阴影
与自己聊天、忆往,夜夜走入无从察觉
销蚀关于人、关于灵魂记忆的噩梦
被经受污名、人性摧残穿越时间
感恩宇宙大神赋予我向神靠拢天性
独自和天使的忧郁哀咏低诵于废墟
暮霭里神的信使夜莺、秋水仙的歌
神秘、空灵、忽隐忽现振荡于苍穹深处
你听见心灵洗礼的感召震撼吗

却说词语被锻为铁,我这眼瞳随之就火焰闪耀
心中常夏 ②、含羞草绽放魔幻银紫色小花
生于乡野、水岸这些小生命,安详,梦着
曾立于往昔名士、猛士、闺秀、淑女案头
见证眸子凝望的深沉邈远;顾盼
闪映其高贵及风致;也感应诗韵缭绕的
祈祷;也聆听缄默的幽邃;在人性困境极端
长夜,这些屑日常,庄严,虔敬,宁谧,叹息
交织为织体,在这短暂的诗意体验中

会意个体质地级别相逢命运时的沉浮

2020 年落花时节

① 山野花。
② 山野花。

图书在版编目（CIP）数据

不要玫瑰：灰娃自选集 / 灰娃著；冷冰川绘 . — 桂林：
广西师范大学出版社，2020.10
ISBN 978-7-5598-3038-8

Ⅰ . ①不… Ⅱ . ①灰… ②冷… Ⅲ . ①诗集—中国—
当代②散文集—中国—当代 Ⅳ . ① I217.2

中国版本图书馆 CIP 数据核字 (2020) 第 127635 号

出 品 人：刘广汉
特约编辑：汪家明
策划编辑：尹晓冬
责任编辑：刘孝霞
助理编辑：宋书晔　张舜华
装帧设计：周　晨
封面题字：冷　山

广西师范大学出版社出版发行

广西桂林市五里店路 9 号　邮政编码：541004

网址：www.bbtpress.com

出版人：黄轩庄

全国新华书店经销

销售热线：021-65200318　021-31260822-898

上海雅昌艺术印刷有限公司印刷

上海市嘉定区嘉罗公路 1022 号　邮政编码：201800

开本：890mm×1240mm　1/32

印张：7.875　插页：10′　字数：140 千字

2020 年 10 月第 1 版　　2020 年 10 月第 1 次印刷

定价：98.00 元

如发现印装质量问题，影响阅读，请与出版社发行部门联系调换。